# 海洋之上

## 歌诗达邮轮 86 天环球记

罗敏／著

四川文艺出版社

里斯本港口里的桅杆船

# 序言

/ 何小竹

读这部书，你可以从这篇序言开始，但也可以跳过序言，直接进入本书目录，选择你感兴趣的章节进行阅读。

本书就类别而言，算是游记。比如我们十分熟悉的《徐霞客游记》《马可·波罗游记》。但在体例上，又与一般的游记不同。一般的游记是以时间为轴线，带有“日记”的特征。本书则打乱了时间的顺序，以“主题”为书写单元，带有“随笔”的特征。但又绝不是随笔集，而是一部带有文化随笔风格的游记。其中涉及的历史、人文和地理知识，是一般浮光掠影的“游记”所不可同日而语的。除文字之外，书中还穿插了许多图片，这些图片均出自本书作者罗敏女士之手，有着相当的摄影水准，具备独立欣赏的价值。

我有幸先于读者读到这部书稿。电子版的，

在电脑上逐页阅读。我一下被书的内容所吸引，几天时间之中，仿佛自己也坐上了这艘名为“大西洋号”的歌诗达邮轮，经历了一次壮阔、浩瀚的环球旅行。感受到的不仅仅是一路上的自然风光，还收获了丰富的人文、地理知识，以及本书作者探寻世界、思考人生的真挚情怀。这也让我想到一个问题，我们为什么要旅行？

古人云：行万里路，读万卷书。这句话可以理解为，行万里路犹如读了万卷书。旅行增加了自己的知识和阅历，丰富了自己的内心。这是一种严肃的有目的的旅行。还有一种旅行，与上述“阅读”无关，漫无目的，纯属游玩。罗敏女士的旅行，应该属于前者，即阅读式的、有目的的旅行。我不想对不同人不同的旅行动机做价值的判断，尤其不能苛求所有人都带着严肃的目的出门旅行。但动机不一样，过程与结果便会不一样，这也是一个基本的事实。

就我自己的性情而言，我倾向于漫无目的

的旅行，这样很放松，没有负担。我也确实以这样的状态游历了一些地方。但显而易见的一个事实是，去过了就去过了，对所到之地并无太多了解，由于懒散，自然也没有留下多少文字和图片的记录，随着时间的流逝，连记忆都有些淡漠了，仿佛没有发生过这样的旅行似的。有时想来，也不能不感到一些遗憾。

所以，我对于那种有目的且又勤勉的旅行者，内心深处是怀有敬佩乃至羡慕之情的。就像本书作者罗敏女士，不仅仅是这一次的海上环球旅行，她的每一次旅行，都是经过了充分的准备，带着探寻和思考的目的而出门的。这就使得她在整个旅行之中，其状态完全不同于一般的游客，其所见所闻，所思所想，也就不同一般。更为有意义的是，她还用文字和图片记录下自己的见闻和思考，分享给像我们这样没有机会去到这些地方的读者，开阔我们的眼界，增长我们的知识，陶冶我们的性情。对此，我又是深怀感谢的。

世界上恐怕没有一个人不渴望着“旅行”。这里说的“旅行”，是基于这个词语最基本的含义，即从此地到彼地的一种行为。那么，“旅行”便不分远近。环球算一种旅行，走亲戚也算一种旅行。甚至，更宽泛点说，待在家里看书、看电影，也是一种旅行，精神上从此地去到了彼地。就像你现在手上拿着这部书，随着书页的翻动，你也就开始了一次旅行。

有时我想，为什么旅行？理由既复杂但又可能很简单，甚至简单到无须理由，仅仅是想要移动一下，从此地到彼地，从熟悉趋向陌生。

太平洋日出

008 **序言** / 何小竹

017 **魅惑海洋**
018 印度洋
最丰富的大洋 · 领略海与洋之别
云是大自然的表情
星空之空
在亚丁湾没遇见海盗
053 大西洋
寻找消失的亚特兰蒂斯
在米诺斯迷宫探访古希腊文明源头
建立心灵结构的希腊神话
没有怪物的海洋，就像没有梦的睡眠
074 太平洋
太平洋上不太平
珍珠港记住历史
我的生命里永远少了一天
在马里亚纳海沟融入最绚丽的晚霞

089 **运河 · 海峡和地峡的故事**
090 海峡 · 苏伊士运河
驶过苏伊士运河
直布罗陀海峡
流泪之门曼德海峡
马六甲海峡
109 地峡 · 巴拿马运河
力量的角逐之地
有一种计量单位叫巴拿马吨位
玫瑰云下行驶过巴拿马

123 **岛居之神祇**
124 知道和不知道的卡塔尼亚
132 不一定知道的基克拉迪群岛
135 绝对知道的夏威夷
基拉韦厄火山
毛伊岛
146 多神的日本岛

印度洋上的“大西洋”号歌诗达邮轮

151　**城市·文化的容器**
152　以佛教信仰为主的东方城市
科伦坡·佛教的国度
普吉岛·交错着佛寺和清真寺
164　信奉伊斯兰教的西亚
塞拉莱·阿拉伯的世界
马尔代夫·全民转换信仰
马尔马里斯·欧亚的十字路口
182　以基督宗教为主的地中海北岸
城堡·奇维塔维基亚
马赛·普罗旺斯
巴塞罗那·高迪
200　美国之海岸城市
纽约
洛杉矶转道拉斯维加斯
旧金山

213　**风情各异的港口**
214　头顿·最接近自然的港口
220　里斯本·城市中的港口
225　迈阿密·全球最大的邮轮港口
232　曼萨尼略·最热情的港口
238　奥乔里奥斯·最让人期待的港口
243　香港·最近的港口
250　上海·回到起点

255　**我的邮轮**
256　移动的艺术城堡
264　邮轮生活
272　幸运的旅程

279　2015 年“大西洋”号歌诗达邮轮 86 天环球之旅里程及登陆城市

281　**后记**

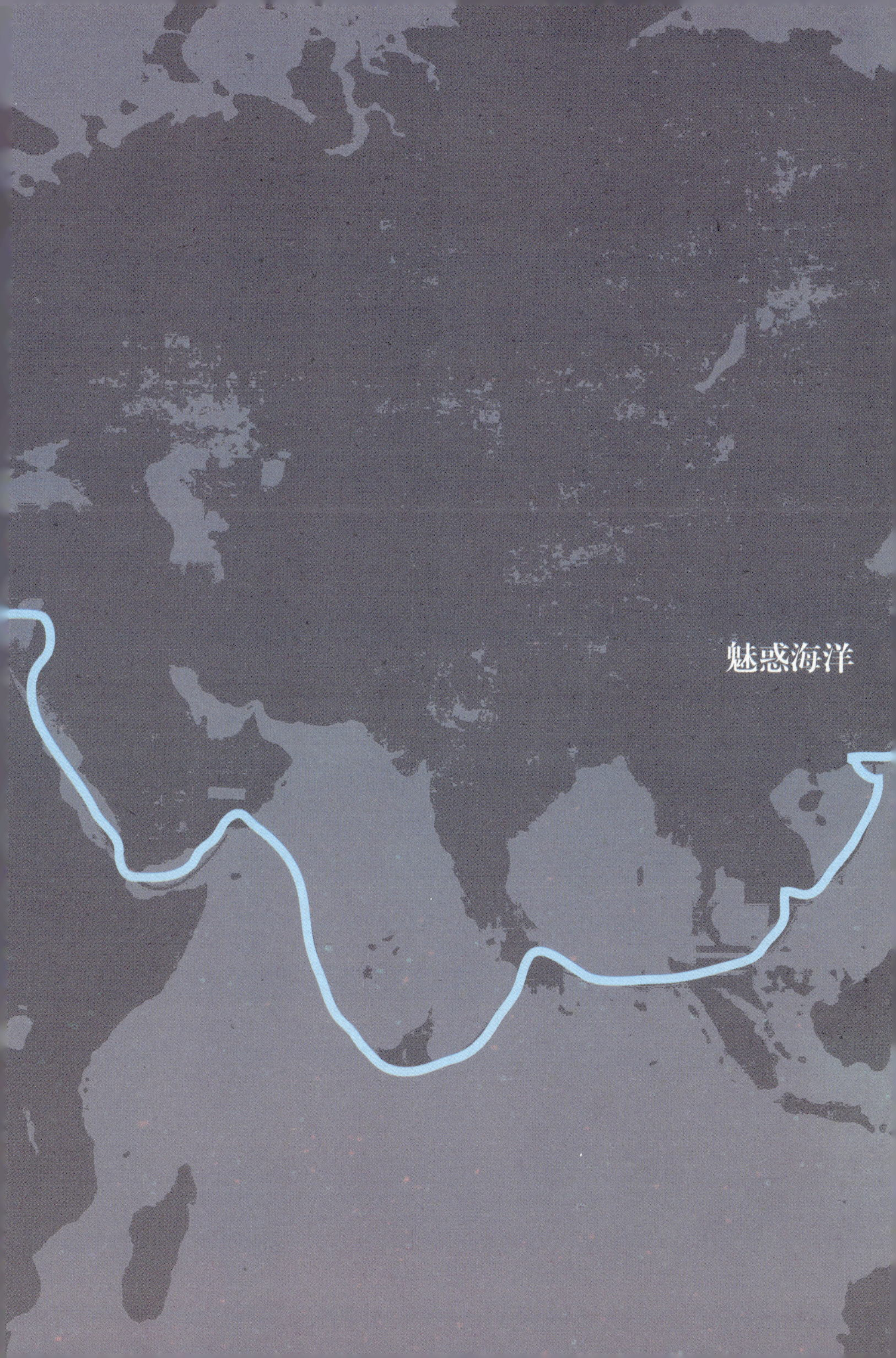

# 魅惑海洋

# 印度洋

印度洋是世界第三大洋。位于亚洲、大洋洲、非洲和南极洲之间。包括属海的面积为 7411.8 万平方千米，不包括属海的面积为 7342.7 万平方千米，约占世界海洋总面积的 20%。印度洋的平均深度仅次于太平洋，位居第二，包括属海的平均深度为 3839.9 米，不包括属海的平均深度为 3872.4 米。最深为 9074 米。其北为印度、巴基斯坦和伊朗，西为阿拉伯半岛和非洲，东为澳大利亚、印度尼西亚（印尼）和马来半岛，南为南极洲，中为英属印度洋领地。

这次“大西洋”号歌诗达邮轮为期 86 天的环球之旅，是首次从中国（大陆）出发，其航线主要是在印度洋的北部展开，离开马六甲海峡后北上至泰国的普吉岛，再往西经过阿拉伯海，在印尼的科伦坡、马尔代夫的马累登陆，往西北到阿曼的塞拉莱登陆，然后航行过惊心动魄的亚丁湾，进入红海，结束印度洋的巡航。

## 最丰富的大洋 · 领略海与洋之别

这是环球行程的第一个大洋，我好奇地登

夕照下的“大西洋”号歌诗达邮轮

上邮轮最高点，眼前是渺渺浩浩的水波、无边无垠的大洋与天际。生长在内陆的我，以邮轮巨大的黄色烟囱为参照旋转起来，一周、再一周……在这没有海腥味的洋面上，你能感到纯粹、通透，然后不自觉地放慢呼吸，闭上眼睛，收摄心识，把自己置于虚无，只去体会与水、与天、与空的连接。风从耳边飕飕掠过，即便炽热的太阳高悬，也能穿透全副防风装备，让人感到入骨的冷，不能久留。

靠近陆地的水域为海，远离陆地的水域叫洋。在靠近陆地的大海行驶，不时有手机信号飘来。穿行台湾海峡时，我用中华电信的信号对朋友说：在异籍的游轮上，用这台岛的信号给大陆的你发信息。血脉的连接岂止后代的繁衍，在这样的时空中，哪里是你哪里是我？哪里是不同的疆域？然而，当邮轮行驶到大洋后，便完全没有手机信号可用。在互联网＋时代，虽然早有心理准备，邮轮也提供付费卫星信号，但一整天接着一整天的不见任何船只和飞鸟在船舷边出现，只有在船头无限展开的茫茫水域，在船尾渐渐收拢和消失的浪痕，似乎永远也到达不了彼岸，这种与外界失联的感觉仍然让我感到孤独甚至恐惧。白天，我会长时间在甲板或者顶楼餐厅落地玻璃窗前的座位上停留，看着大洋的样子，想到这样的处境只是短暂的，恐惧逐渐消退，孤独成了一种享受。

在这段时光里，太阳、月亮和云朵也给了我无穷的乐趣。我特意选择了船尾转角处的房间，这艘自东向西环行地球的邮轮，只要在航行，我的门窗就会一直向着东方。每天早上在太阳出来前我会自然醒来，透过窗帘缝隙观察窗外的天色。如遇晴天，便直接到阳台上，看东方的海洋与天的连接处由暗变亮，先染红近处的灰暗云朵，接着越过头顶一直把西边的云也染得通红。过一会儿，太阳渐渐升起，天空的色彩又会从太阳升起的地方开始变为黄色，然后变成耀眼的白色，于是，整个洋面都显得生动了起来。

遇到夜半下雨或者有浪飞溅，早晨拉开窗帘时，玻璃上便有夹带盐粒的水珠附着，在阳

大西洋上空的“耶稣光”

一滴水一世界

光照射下，使其有着一滴水一世界的丰富，令人眼花缭乱。等到太阳升高水分蒸发，就只有盐粒附着上面了，要等到邮轮停靠港口时才会用海水净化后的淡水清洗，这就是游客下船登陆前总是要被提醒关闭好门窗的原因。

日落也同样精彩。晚餐时，我总是晚于别人去餐厅，因为日落时分瑰丽的天空对我来说更有吸引力。站在船头或者船舷边看太阳渐渐西沉，在临近水面时加快速度离开人们的视线，几分钟内便完成发光的圆球与水面的接触、融入、下沉，最后完全隐没，然后我才会去2楼的提香餐厅慢慢享用意式晚餐。

地影，在陆地上没有开阔视野难以见到的景象，在这宏阔的水面却毫无遮拦地呈现了出来。这是一种日出和日落都可以见到的天象。地球的影子映在空中，使天空出现两种颜色，暗色的下方被地影笼罩与水面接近；粉色的上方被平流层折射以后的天空则闪耀着太阳的光辉，再倒映在水面上，交织出色带鲜明的世界。地影不断扩展抬高，夜幕降临，或者地影逐渐

太阳之路

缩小下降，蓝色的上方变亮，黎明到来。

傍晚，看月亮在晚霞映衬下高悬天际，又是另一番在大洋上的享受。在地影烘托下，峨眉月显得格外静谧。无论满月新月残月，都会以比陆地上看到的更快的速度穿行在云层间，遇到云的缝隙，月光会像日光一样形成光柱，把周围的天空映射得更加明亮。大洋上，如果天气晴朗，即便是在白天也能看到蓝天上的月亮。

中文经典中的万经之经《易经》，其“易”字的古体就是由日和月组合而成。易经中的“卦”通“挂”，卦象就是日月挂在天上的不同样子，投射成二维图形，通过阴爻阳爻的不同排列形成64个卦，给有限存在的人类以启示，去猜测、领会不能通过眼见耳听鼻嗅舌尝等身体感触的方式认知的界域。伏羲的先天八卦、周文王的后天八卦和孔子的《十翼》，似乎显示出古代人比现代人具有更多的认知世界的本领。这么说，是不是意味着人类掌握更多工具的科技发展史，其实就是人类心智或者灵力的退化史呢？

《旧约》记载的巴别塔时代，人类可以建造通天塔直接上天，可是上帝担忧人类的欲望扩展，于是打乱语言和放弃建塔。天人交往的中国版则记述上帝失望于人类道德沦丧，派重和黎加宽大地和天空的距离，并毁掉天梯。这些记载，是否都标志着天地人的断开，人从此丧失了返回神性空间的垂直通道呢？朱大可先生这样定位："人类从此脱离神性世界，转向平庸的现世生活。大祭司从通灵时代告退，求助于筊卜、龟卜或者巫卜，沦为一群低级的兆象解释者。"

太阳之路，是太阳光反射在水面并不断延伸的轨迹。当一束光柱从天际线延伸至眼前时，粼粼波光闪耀，美感和庄严感便油然而生，这是阔宏洋面上的特殊礼物。不论人类现在的认知能力如何，我们这个星系的恒星，总是在用不同的意向给人类带来一丝慰藉，让人在找寻灵性回归的途中满怀希望。正如尼采在《悲剧的诞生》中宣称的，"我们用日神的名字统称美的外观的无数幻觉"，以此唤醒非理性的人们来感知美的象征，毕竟，这是地球所见到的

浓积云

透光层积云下飞翔的鸥鸟

透光高积云

唯一的、最具魅力的、也是时间次序和光明热情的征兆。

### 云是大自然的表情

瑜伽竖式站立在邮轮的顶端，澄净自己连接自然。当我睁开眼睛时，早先的云朵早就没了踪影。这艘游轮最大时速 24 节，通常以 20 节的速度行进，即便风和日丽，风力也不止每小时 20 多公里。置身在这个相向运动的现场中，如观看延时摄影的画面，充满动感。

在洋面，尽管邮轮周围几乎没有别的船只或者飞鸟可以借用在我的镜头里，但海洋和天际间或凝固或流动的云以及记录它们，都是大自然对我的恩赐与馈赠。我变得更为温和、更多深思，像冥想、像禅修，让我从这大自然的表情里读到了我们自身的千姿百态。如果我们不得不面对空空荡荡、没有一丝云彩的天空，生活将是多么颓败。

云，始终是我仰望着、思想着的。按照“林奈系统”（Carl Linne，1701–1778）的分类方法，把云按不同的高度和外观景象分为积云、积雨

安达曼海日出

云、层积云、层云、雨层云、卷云、卷层云、卷积云等10个基本云属以后，再细分为类或者变种，此外还有不同的附属云和变种云。云形成于地面热气携带水分子上升到天空，逐渐冷却后相互黏合，形成大小不等的小水滴，堆积在一起，随风力、温度、高度的不同，或者消散，或者堆砌，或者发展为雨雪冰雹降落在地表。但我更愿意谈及雪莱诗中对云的描述："我是大地和水的小女儿，茫茫苍天的私生女，我穿过海洋陆地的缝隙，我虽变化却不死……如同婴儿刚出生，如同鬼魅又还魂，我又飞到蓝天里，将我的坟墓又拆毁。"这种透彻通达，也是我想要的境地。

在海洋上赏云与陆地不同，你可以完全没有遮挡地把云的形成、变化过程尽收眼底。云的万千变化会公平地展示给每一个人，只看你是否愿意去仰视。云的样貌也给人以无限想象：卷云在蓝天里如轻纱翻卷；一缕云丝可以勾勒出字母的样子；如遇光线合适，层云可以投射万道霞光。

卷云与波浪

云之眼

在安达曼海，我这样记述日出时的云霞：

是云霞落在了海上，
还是海浪飞升到天际，
太阳跃出海面的刹那，
海天交合出自己的语言。

在阿拉伯海，太阳落下的瞬间，从邮轮望去，天空出现了一片像巨大叶片的红云。天之苍苍，其正色邪（那是天空真正的颜色吗）？庄子曾这样问到。还是因为我在茫茫大海之中的原因？如果像鸟儿一样飞到空中，看到的还是这个样子吗？方东美先生推断庄子是太空人，不然怎么会有这样不同视角的解读？我想也是，否则赏云就不会成为我近些年最喜欢的活动之一了。

从物理学的角度来看，并不是云自身能够变换颜色，而是太阳光照射云层的角度和折射的光波长度不同。高云这时是白色，中云是黄色，低云则是红色了。然而我还是想给自己一点诗意的空间，把落日看成一天的小结，明天的日出又是一个新的开始，太阳升起时的样子又会

阳光穿过波状积云形成的“耶稣光”

不同。

太阳在云缝里射出一道一道的光，摄影朋友称其为“耶稣光”。记得有次在西藏阿里古格遗址看日出，层积云在移动中把太阳光变成舞台聚光灯，一束一束的，在土林山体上，在庙宇和红塔白塔间移动，仿佛是在给你指点迷津，告诉你偌大舞台上的重点。而在大洋上，当这种光出现时，可以向下照亮一大片水区，也可以在天上聚集成一个个独特的形状。每逢此时，我就希望在光束里或者跃起一条大鱼，或者掠过一只飞鸟，或者驶来一艘船舶，但总是不能如愿，直到云的形状、位置发生变化，太阳光也变得不同。

当我睡下时，脑子里却浮现出故乡三星堆青铜大立人雕像外衣底部的纹饰，龙居寺壁画上打坐在朵朵云间的众仙。传说中那些修道成仙的凡人总是在一道彩云间虹化而去;《圣经·出埃及记》中记述的上帝也驾着时隐时现的云彩出现在西奈山上。在艺术领域里，比如文艺复兴时期的宗教绘画，也总是在一个平面里用云来区分

红海的星空之空

上天和凡间。在神话传说里，比如希腊神话中的雷电雨之神宙斯，也是躲在卷云里夺取了凡间女子伊娥的贞操以避开善妒的妻子赫拉。

## 星空之空

在邮轮上遇见第一个没有月亮的星夜是在红海。当有着1000亿颗星星的银河从海面渐渐升起的时候，已经是当地时间凌晨1点多，它横亘在天际，在星空下无言地表达着自己。美洲印第安人说银河是死者的灵魂去往天国的通道，古希腊人则浪漫地认为是女神泌出的乳汁。400多年前伽利略用望远镜看到无数的星星，80多年前哈勃证实了我们的银河系之外还有众多的星系……

我第一次用18世纪法国天文学家尼克拉·路易·拉卡伊绘制的古星图观星，确定方位时发现居然与后天八卦确定方位的方法一样，南北东西全部都要对地图的方位进行倒置并正反翻面才正确，这大约是因为两者都是指向天象投影的缘故吧。这个由迦勒底人发现，后由

2000 年前的古希腊人结合神话而创立的星座体系被沿用至今，其间虽然几经演变，最终还是把星空人为地定格成画卷般的 88 个星系，使人们在地球上的不同季节和不同位置，都能从对星空的观察和描述中找到共同认知。不同的是，在赤道位置观星，夜半的星座升起后马上就降落，而在地球的两极观星，却会因为地球太大遮挡视线，只能看到一半的星座，并且整夜高悬天空。另外，地球位于银河系中，在南半球观星，是往银河的中间看，深邃中带着斑斓；而在北半球观星则与南半球相反，是从地球所

横跨红海的银河

处的银河中向银河外看，能看到更多的星星、星系和星云团。

如果四次西藏之行见到的高古星空给我震撼的话，那么新西兰鲁冰花盛放时的南半球星空则让我着迷于夜空的深邃。现在，站在游轮上可以毫无遮挡地看到无垠的星空笼罩在辽阔的水面上，远处一道隐约的线条将水天分隔，仿佛是划分出了凡间和天堂。水天之间，在布满天际的星星、星座、星系和银河的水面，我长时间无言地凝望这北半球春季的星空。北斗七星最容易观察到，望着它们，我在想这大熊座尾巴处的勺状北斗七星与小熊座尾巴尖的那颗北极星之间的连线究竟有多长，这对神话中的母子、宙斯的家人见一次面需要多长的时间呢？紧邻处，勺状延伸不远的那颗牧夫座橙色大角星与他的妻子——室女座的蓝色角宿一，既然是离地球最近的星云团，为什么他们只在天际失望地看着人类发明铁器后的杀伐，升到天际后便再不复返，前来拯救呢？

存在于这个星球上的人类不仅形体渺小，而且视力短浅、生命短暂。面对这样的现实，总是让人陷入悲哀和无妄。好在人类的智者们在星辰照耀下的地球的不同角落，按照自己的族群能够理解的方式引领人们去探索未知领域，认识自然、认识自我，比如东方的老子、释迦牟尼，西方的耶稣、柏拉图、亚里士多德。然而，亘古以来就在那里闪耀的星辰中，即使是恒星也不恒定，它会衰变，比如恒星太阳就会在 50 亿年以后衰变为银河系里一颗充斥着大量气体的行星状星云。变化，才是永远不变的事实，否则阴阳两爻的若干组合变化怎么会总是

新西兰鲁冰花盛放时的南半球星空

在启示人们不断去定位那些变化中的自己和事物呢？就如这大洋中的航行，尽管邮轮看似被凝固在水波中，却在不断地接近目的地。

虚空任云飞。大烟囱白色的烟雾在星空中逶迤，邮轮过后的浪痕在视线里逐渐平复消失，当两者消逝在辽远的水天之际时，在我的时空里，这烟，这浪，这星星……这些有形的样貌和名相，就是示现给我的无形的虚无，让我去体悟。

或许，连这紧邻阿拉伯海的空气都被亚伯拉罕渲染了。

## 在亚丁湾没遇见海盗

邮轮在军舰护航下，享受着落日余晖，平静而又紧张地通过亚丁湾，进入红海。

护航从阿曼的塞拉莱开始，这是各国护航舰在这个区域的给养基地，一直到进入曼德海峡，军舰才离开。

之前，邮轮曾组织过两次游客紧急状态疏散演习，所有乘客穿上房间衣橱里的救生背心，

驶向黄昏的浓积云

经过指定的通道，在指定的船舱内远离窗户的公共空间集合（刚刚登上邮轮时的消防演练却是在甲板上进行的），并用汉语、英语、意大利语和粤语向游客们反复提醒注意事项。船员们则经过了更多次数的演练，演练的内容也更多。在邮轮靠近水面的第3层甲板上的不同位置都备好了大口径水枪以驱逐可能出现的海盗，邮轮各个角落还有观察员拿着高倍望远镜瞭望。

不时有商船和货船在邮轮船舷边出现，护航舰也一整天都在人们的视线中，让人感到安全。护航的是意大利军舰，用400毫米的镜头拉近，能够清楚地分辨出舰上的直升机和大炮。

船长介绍，通过亚丁湾这个航段的各类船舶有四艘军舰护航，分别是中国、韩国、意大利和美国军舰。前两天见到过停泊在塞拉莱港口的中国和韩国的军舰。重在练兵的我国海军还真是威武，在我们离开塞拉莱港的时候，也先于我们到达自己的位置。

全程唯一一次邮轮在夜晚熄灭灯火，悄然通行在现代海盗出没的水域。这些海盗袭击的

载着直升机的护航舰

目标，除了货船就是欧美籍邮船，船方自然格外小心。早上醒来，已经接近曼德海峡，军舰已经不在视线内，也没见海盗踪影。虽然安全走过了这段险途，我却留下了两个遗憾：没有把握住全程唯一没有光污染的机会拍出这里的星空，因为邮轮平日里总是彻夜灯火通明；没有遭遇不少游客心照不宣、共同期待的不凡经历。

海盗在地球的水域上出现，有久远的历史。斯堪的纳维亚半岛的维琴人原始部族信奉多神教，常年与冰雪严寒为伍，生活神奇瑰丽。但为了寻找资源，从3世纪开始，他们就在欧洲、波罗的海、地中海沿岸剽悍勇猛地掠夺财富抢占地盘，并于8世纪到11世纪统治英国，占领法国和北极的一些地区。瑞典维琴人在斯拉夫部落基础上建立了俄罗斯。丹麦维琴人克努特大帝建立起包括英格兰、丹麦、挪威、苏格兰大部和瑞典南部的“北海大帝国”，维琴人的征服在此达到了巅峰，让中世纪的欧洲恐慌，英法相继采取招安的方法息事宁人。挪威维琴

马六甲海上的货轮

人——最后一个国王哈拉尔三世，1066 年 9 月 25 日为争夺英格兰王位在斯坦福布里奇之战中败亡于哈罗德二世的英国军队，成为长达数个世纪的维琴时代终结的标志。当然，几天之后，征服者威廉又打败了哈罗德二世坐收渔人之利，成为英国后来的统治者。而维琴人则在征服地经由文化浸染，接受基督的洗礼后逐渐安顿下来。

我与维琴海盗的隔空相遇有两次。一次是 2013 年北欧之行造访挪威海盗博物馆，被陈列在展馆里一艘超大古朴的海盗船吸引。只有乘电梯到 5 楼才能观看它的全貌，留下的手机照片也不是全貌。由于当时还没有大洋航行的体验，没能去想象它要航行整个大西洋会是怎样的惊险，只能感叹它在经历了海洋上的烈日和波涛后仍然保留原貌的奇迹。另一次是 2013 年 11 月乘坐“海洋探险者”号从南极大陆返回阿根廷火地岛，到达了以海盗名字命名的德雷克海峡。当时遇到 12 级台风，尽管绕行避开中心，4 千多吨的探险船还是被飓风吹得左右摇晃、前

挪威海盗博物馆展出的海盗船

后颠簸，以至于我的室友一晚上 4 次从床上被掀翻在甲板上，其中两次甚至是连同床垫一起被掀翻的。海洋在不温柔的时候所展示狰狞面孔，总是适时地给那些思考人类与自然关系的人们以提醒。

加勒比海盗则与维琴海盗不同，在地理大发现和大航海阶段的法、德、荷、西，许多加勒比海盗船大多有政府颁发的特别许可证。如有战争，合法的海盗船由国家授权，可以攻击敌国的战舰或商船，掠夺的财产补给自己，国王从中提成。如果战败，合法的海盗算俘虏，不合法的海盗则有罪被杀。除了有自己的徽记外，加勒比海盗还有严密的组织纪律，如战利品由船长先得，再由全体船员平均分配，外科医生和厨师会有优惠，伤残者也会根据受伤部位的不同而得到相应补助；禁止酗酒、打架和让女人上船等。历史上最有名的合法海盗弗朗西斯 · 德雷克，以他名字命名的世界上最深、最宽的海峡就是他 1577 年在躲避西班牙军舰追捕时发现的，翌年又发现了合恩角，后来被伊

夕照下的马六甲海

丽莎白一世赐封为皇家爵士。最勇敢无畏的女海盗是两位同时爱着海盗杰克的女人玛丽·瑞德和安妮·邦妮，她们虽曾被英军抓获，但却均因为已怀孕而逃脱。美国独立战争期间，合法海盗有了展示力量的绝佳机会，当时只有34艘战舰的美军海军，如果没有海盗船帮助袭击庞大的英国皇家海军的补给船和商船，后果难以想象。蒸汽船的出现，使人们可以在任何条件下航行于海洋，加勒比海盗的历史随之结束。

亚丁湾位于印度洋与红海之间，每年有近5万艘走苏伊士运河的船只要经过这里，是全球海运的咽喉部位。特殊位置决定了索马里海盗的地域特色。渔业资源枯竭、国内战事频仍导致其形成了几个海盗集团，他们寻找机会对途经此地的货船或邮轮进行占领，勒索巨额赎金，工具先进，手法狠辣。由于这类事件在最频繁的时段为平均每四天发生一起，所以邮轮路过这里时自然要全面戒备，严防以待了。期望这段现代海盗的历史也可以因着这个地区的繁荣发展而消隐。

# 大西洋

面向大西洋的灯塔

邮轮从直布罗陀海峡离开地中海，在欧亚大陆最西端的城市里斯本停留后便进入大西洋。欧亚大陆最西端的标志罗卡角灯塔在视线里消失。

大西洋是世界第二大洋，占地球表面积的近 20%，原面积为 8221.7 万平方千米，在南冰洋成立后面积调整为 7676.2 万平方千米，平均深度 3627 米，最深处波多黎各海沟深达 9219 米。从赤道南北分为北大西洋和南大西洋，北面连接北冰洋，南面则以南纬 66 度与南冰洋连接，东面为欧洲和非洲，西面为美洲。邮轮的航行路线是在北大西洋的中部，离开大西洋东岸的里斯本 3 天后在大西洋中间圣米格尔岛的蓬塔德尔加达港停靠了一下，然后再一直向西，经过 5 天的航行后到达大西洋西岸的纽约，完成了在最深的大洋上的巡航。

## 寻找消失的亚特兰蒂斯

距里斯本以西 786 海里的岛圣米格尔岛，柏拉图描述的消失了的神秘国度亚特兰蒂斯的

大西洋岸边的古老村庄 | 伸向海洋的绿带

美丽的蓬塔德尔加达七城市湖区 | 林荫深处的教堂

被七孔桥分为蓝绿两色的湖面 | 道路旁布满苔藓的树丛

位置就在这里了。在 14 世纪当地的教科书里，还能找到在这深深的大洋中，亚速尔群岛 9 座岛屿存在的记载，圣米格尔岛是其中最大的一座。怀着寻找消失陆地的心情登上这座绿岛，坐上四驱吉普，在这个东西长为 62 公里的岛屿的西半部登上最高峰，收获了出乎意料的惊喜：这是一个名副其实的候鸟洲际旅行栖息地，满眼绿色，温和的气候使这里的大面积柳杉、雪松、杜鹃成为标志性植被，厚厚的苔藓从地面一直覆盖到树干，而亚速尔石楠、桂树、冬青则成了鸟儿的避难所。据说这座岛屿仍然保持了 14 世纪初发现它时的原貌，原始植物群照样随地平线延伸至大西洋里，远古时期就有的村庄也照样坐落在海岸上。火山口形成的湖泊，湖水奇特地一半绿、一半蓝，被一座七孔桥分开。地上和水面的绿色像一个调色盘，调出丰富的层次后，再经移动的云层变幻光影，与地面的烟雾袅袅相错。虚幻缥缈的样子，让我真的就认同了藏经里描述的，9600 年前失去香格里拉庇佑的亚特兰蒂斯沉没在这大洋里了，只留下

克里特岛博物馆里公元前 1900 年的展品

这一点陆地让后人唏嘘和猜想。

有人猜测亚特兰蒂斯沉没时，有难民东渡大西洋，穿过直布罗陀海峡进入地中海，在尼罗河畔登陆，然后开疆辟土，故事便这样传到了柏拉图的耳朵里。有人猜测中美洲的玛雅人是亚特兰蒂斯火山地震的幸存者，继承了那里高度发达文明的天文、数学和科技。也有人以为古希腊文明来自于古埃及，古埃及文明却又不是土生土长的，也许来源于亚特兰蒂斯，因为后者消亡和前者开端的时间很接近。如果正如那个著名的凯西透视认定的，亚特兰蒂斯人比较接近于神的话，那么他们的灵魂是否还在这个星球上？

## 在米诺斯迷宫探访古希腊文明源头

邮轮在地中海和苏伊士运河边经过埃及，在希腊的克里特岛登陆，这使我有幸能在那些弥漫着神话的时空里迷思。沿着人类文明进化的线路，从神话到哲思再到科学，我想循着这条线路，回溯与大西洋紧紧连着的地中海的神话传说。

踏上地中海的第一个登陆地克里特岛时，遇到了登上邮轮以来第一个不见太阳的早上。这个位于爱琴海中间的小岛居然要承接远在非洲撒哈拉沙漠的尘埃，天空灰蒙蒙的，街上的汽车有点像四川的样子，灰垢蒙面。我在想：一个海岛何以缺少明媚？又思量：沙尘能以此路径传播，文化是否也一样？人类文明，至少是这一纪文明，从非洲开源，传播至欧洲，在途经这个小岛时演化成了古希腊自己的文明，再向圣托里尼传播，由此展开了古希腊文明以及至今整个欧洲文明的演进。

这座岛上，最为吸引人的便是迷宫了。史籍的片言只语，记载了远古在一个叫米诺斯的城中有座美丽而神秘的迷宫，与之有关的种种神话和民间传说传播于世界各地。这个建于公元前 1900 年的王朝，在被自称宙斯儿子的国王米诺斯统治 600 年后，毁于由圣托里尼火山爆发引起的地震及大火。英国考古学家阿瑟·伊凡斯几经周折才于 1900 年 3 月获准开掘遗址。

山坡上无解的遗址

遗址里有土龟爬行

断壁残垣中的古树

经过一百多年的研究，仍不知遗址许多部位的用处，或许是行政和宗教中心。

在占据了一个山坡的遗址里，那些断壁残垣、错综复杂的地基就是迷宫的所在吗？为何要用下小上大的圆柱支撑宫殿？被火焚毁的橄榄油库房的黑色石壁旁，中间圆鼓的瓦罐是否从此引领了纯雅典风格？坡底三面敞开式的建筑真的给现代空调设计提供了灵感吗？疑问不断被造访者提出来，我也这么想着。

地宫里经过修复的壁画凸现出这个具有无限想象力的王国的标志：鹰头、狮爪、豹尾和天使的翅膀。似乎要印证白牛幻化为金牛飞升上天的神话，牛的形象无处不在，除博物馆对面商店的店招直接就把牛的塑像放在最显眼处外，博物馆里还能看到阴阳两面的牛头像和修复了的壁画上一头与人嬉戏的红牛。博物馆里展示出来的精美的金属首饰、陶制瓦罐和棺材，还有迷宫模型，都在无言地传达着欧洲文明源头的信息。

这居然与我的故乡三星堆一样，给人太多

克里特岛博物馆里阴阳分开的牛头

克里特岛上的维纳斯

的迷思。最俘获我的是，这个时期也是已被考证的三星堆文化存在的时期。三星堆在20世纪20年代被当地人燕道诚偶然发现，从此开启了对谜语的破解，至今仍在迷思中。比如三星堆文化从何而来，因何消亡？那些超大青铜器的不同连接工艺为何在那个时代就会如此纯熟？菲薄的玉石又是用什么工具打造出来的？地球上的事，总有那么多的巧合！

## 建立心灵结构的希腊神话

虽然克里特岛在11世纪成为希腊的一个城邦，但是在古希腊的神话里，却是这样记述的：宙斯看到一个叫欧罗巴的腓尼基公主在野外采花时的姿容后，一见钟情，化为一头美丽的白牛向她靠近，公主见后喜欢至极，骑上白牛渡过爱琴海，到达克里特岛后，宙斯与公主结了婚，克里特岛北边的地域便以公主的名字命名，称为欧洲。

黄道十二星座之一的金牛座，便是幻化为美丽白牛的宙斯，在秋冬夜北半球星空的天顶

伊拉克里翁港的黎明

巡游。传说中有100多颗恒星的昴星团，被很多人认为至今仍与人类中的通灵者连接，传递种种信息给人类以启示。这个星团就在金牛座的肩部，其中有10颗恒星被人类观察到并有英文名称。

公元前8世纪，希腊半岛和小亚细亚西海岸出现了希腊人建立的城邦，雅典是其中最重要的城邦之一。希腊神话有一个完整的体系，宙斯、雅典娜、盖娅、波塞冬、阿提卡等人物和故事体系中传递的天人无间、万物可以转化，并以情感为主导的信念，在口口相传中起到了满足人们追求永恒、构建世界结构、传递人生意义的不可或缺的作用。正如犹太人的创世神话，让我们知道了伊甸园、亚当和夏娃，解答了人从哪里来的问题，希腊的创世神话则从混沌生出黑暗、死亡、英雄、救世，再生出爱、秩序等，使人们具有了展开生命层次的心灵空间。

希腊曾是整个世界的思想中心，哲思、民主 、奥林匹克、《伊利亚特》和《奥德赛》，

雅典娜神庙

卫城中心

宙斯神庙

每一个语词都牵动人类灵魂深处，尽管它今天处于欧洲同盟的救助中，也仍然是尘世间每一个旅行者精神与理想的栖息地。福楼拜对雅典卫城的定位是“历史与艺术最璀璨的源泉”，与东方的释迦牟尼、老子以及这里出产的柏拉图、亚里士多德关于雅典的哲思，构成了思考世界和人类的轴心时代，成为被我们这一际文明消化了 2000 多年的精神源泉。在下一际文明当中，它或许还将继续扮演不可或缺的角色，即使雅思贝尔在提出轴心时代这一概念时比较偏重于理性。

有着 15 年高龄的邮轮，需要在伊拉克里翁等待从意大利运来零件并更换，所以我们幸运地在雅典多停留了一天。前一天，我们游览了奥林匹斯山上的雅典娜、波塞冬神庙和废墟，奥林匹克运动会第 1 届和第 100 届的场地，还有卫城旁的普拉卡小镇。游完宙斯神庙后，我们又坐上铛铛车，用 40 分钟时间周游完卫城，慢慢地品味别样的市井风情。

从宗教传播的轨迹来看，犹太教之后新教

雅典港的红顶教堂

雅典港的尼古拉斯大教堂

兴起，到了希腊至俄罗斯的相关地区，基本上接纳了东正教，从这里的教堂建筑风格就可以分辨。黄昏，从邮轮停泊的港口望去，蓝顶的尼古拉斯大教堂在海岸边的蓝色氤氲里泛着神秘的光，与港口另一边的红顶教堂交相辉映。

## 没有怪物的海洋，就像没有梦的睡眠

对于生长在内陆的我来说，浩瀚的海洋无疑是一个奇异的胜地，崇敬中夹杂着些许恐惧，何况关于各种怪物的传说还大多发生在大西洋里。

神秘的海洋里，希腊神话、《圣经·旧约》里记载的海神海怪，电影《大白鲨》中描绘的缇维坦会在我们的船旁出现吗？另外，海洋因其具有凶险的一面，也是冒险奇幻文学的发源地，自小就印刻在我脑子里的就有《格列佛游记》《莫斯肯旋涡沉浮记》《海底两万里》《大西洋底来的人》《少年派的奇幻漂流》等。

在大洋孤独的航行中，每天从日出前开始，我就尽量在船舷或者阳台上待着，看天上的云如何变化，看太阳月亮怎样起落，更是等待奇迹的发生。18世纪跟随库克船长探险的水手们坚信有海怪和美人鱼存在，而我却对曾经在这个区域出现过的抹香鲸、角鲸、大王乌贼等巨大海洋生物充满了期待。

洋面上，偶尔也会有几只鸟在浪花边掠过。如果你听到邮轮上哪个方向有人在呼叫，一定是他们在海面上见到什么了。我也见到过成群的海豚在海面跳跃起舞，像是向邮轮打招呼；也看到过十几条、几十条飞鱼在浪花中迅速地掠过船舷后消失在茫茫水域里。由于发生得太突然，速度太快，在我的镜头里只留下一个鲸鱼的喷水柱。因为太过好奇、太过期待，当没有见到大王乌贼一类的大型海洋生物时，心中难免失落。我一直记着美国作家约翰·斯坦贝克说过的话：人类在他们自己的海洋里需要怪物，没有怪物的海洋，就像没有梦的睡眠一样平淡无奇。

在船舷上等待风景

日落前的金黄色天际

日沉大西洋

太平洋

太平洋，地球第一大洋，覆盖着地球约46%的水面以及约32.5%的总面积。跨度从南极大陆海岸延伸至白令海峡，西面为亚洲、大洋洲，东面则为美洲，跨越151° 纬度，南北最宽15500千米。包括属海的面积为18134.4万平方千米，不包括属海的面积为16624.1万平方千米。从离开美国西海岸的旧金山向西抵达太平洋西海岸的日本，按邮轮的航线轨迹，总共接近1万公里，航程20天。如果没有太平洋中部夏威夷群岛的停靠和对完成环球旅行的向往，恐怕好多人都会放弃这段枯燥的航程。也许正是因为如此，邮轮公司才把全程切分成两个航段，即洛杉矶以前和以后，其实就是把太平洋单独划分出来。

## 太平洋上不太平

太平洋之名源于16世纪大航海时代。航海家麦哲伦在寻找通往印度和中国的新航线时，从欧洲西端西班牙的塞维尔起航西渡大西洋，3个月后到达南美巴西。在镇压了因内讧而发生

太平洋上的浪花

的叛乱，并完成一段与惊涛骇浪为伍的行程后，麦哲伦进入了后来以他命名的更为险恶的海峡。在完成了与狂风巨浪和险礁暗滩的角力后，270人的探险队折损过半，仅剩3条船。又经过3个月的艰苦航行，船队从麦哲伦海峡西端的南美越过关岛到达菲律宾群岛，这段航程风平浪静，于是先前饱受滔天巨浪之苦的船员高兴地说：这真是一个太平洋啊！从此，介于美洲大陆、亚洲大陆和大洋洲之间的水域便被称为太平洋。

离开美国西海岸，一进入太平洋，在这8万多吨重的邮轮上我却晕船了。而这之前，穿过南极西风带时，我在接近30度倾斜的4千多吨的探险船上曾是唯一没有晕船的女士。但是面对这每小时65英里的风速、20节的船速我却无力了。看来，对于大自然，人类只能永远心存敬畏。

在南大西洋航行时，有经验的船员告诉我，当海洋里的波出现了白色的浪头，风力就差不多有7级了。对于没有经验可以借鉴的我，便牢牢记住了这个特征。就如在地中海，地陪告

科伦坡港的中国货船

诉我，罗马时期的建筑特征，就是高大上的石柱。人们常说，你就是一朵浪花，道就是大海，把自己融入大海，你就在道中了。于是，在这晕船的时候体会波与浪，我选择一朵浪花做前景，记录我看见的、体会的和想要述说的海洋。

太平洋除了面积最大，这里还有地球上最深的马里亚纳海沟，深达到约 1.1 万米，就是说，如果把地球上的最高峰——8848 米的珠穆朗玛峰扔在这里，人类在 1953 年以前也没有能力搭乘载人深潜器探及它的峰顶。这里还是岛屿、海湾、海沟和火山地震分布最多的海洋。但这还不是真正意义上的“太平洋”。20 世纪波及太平洋沿岸 37 个国家 15 亿人口的太平洋战争，成为第二次世界大战的主战场，交战各方动用的兵力达 6000 万以上，伤亡损失难以计量。太平洋并不太平。

### 珍珠港记住历史

太平洋东西两岸之间的夏威夷岛，是美国太平洋舰队司令部所在地。从 1941 年 12 月日军偷袭珍珠港，美军投入战争，到 1945 年 9 月 2 日本投降，这里记录了美军的历史。

乘坐渡轮到了珍珠港内，首先看见的是密苏里号战列舰静静地停在港口，它不仅见证了当初日本签订投降协议时的场景，还守候着至今依然躺在新建的纪念馆水下的亚利桑那号战列舰。在纪念馆的一整面墙上，刻着每一个在这里消失了的生命的名字，岸上一个圆形广场的周围，竖着为 19 艘沉没的军舰设立的纪念碑。美军用来为自己复仇的弓鳍鱼号潜艇也陈列在港口供人参观。

带着复杂的心情驱车去到不远处的火山口，树荫斑驳的大面积绿地上，整齐地镶嵌着一排排黑色花岗岩石块，像士兵列队。那是 5 万名美军士兵的墓碑，上面的名字清晰可见。选择这里安葬他们，或许是生者觉得在这水天一体的太平洋上，他们的灵魂更容易升往天堂。

人类是这个星球唯一仇视自己同类的生物，为了自己的目的不惜荼毒同类。比如“二战”时期希特勒分子对 600 多万犹太人的屠杀；20

亚利桑那之顶 | 亚利桑那纪念馆

火山口上的墓地 | 沉没军舰纪念碑

珍珠港的螺旋桨雕塑

世纪90年代卢旺达胡图族对约100万图西和胡图族温和派成员的屠杀。更遑论共同保护人类赖以生存的地球，应对人类未知领域的敌人。

## 我的生命里永远少了一天

经过国际日期变更线时，船长给乘客的神秘礼物终于揭晓—— 一份装帧精美的跨越国际日期变更线证书。

为了避免日期上的混乱，1884年国际经度会议规定将180° 经线作为地球上“今天”和“昨天”的分界线，称为“国际日期变更线”。按照规定，从西向东越过这条界线时，日期要减去一天，反之则要增加一天。

我生命中的2015年5月16号就这么没了。

## 在马里亚纳海沟融入最绚丽的晚霞

早上醒来时，窗上布满了雨珠。打开房间的视屏关注航线情况，发现行驶方向突变。本来两天后即可抵达太平洋西岸，邮轮却在半夜掉转方向直转南下。早饭后广播说，根据卫星

Costa
歌诗达邮轮

跨越国际日期变更线

证书

*Certificato*

致：LUO MIN

首个中国出发环球邮轮
歌诗达·大西洋号带您跨越国际日期变更线
从2015年 5月 15日直接跨越至 5月 17日
此一生难得的特殊时刻与您共同见证。

特此纪念！

歌诗达·大西洋号
Costa Atlantica

船长 CAPITANO

Cab. 5295

船长的神秘礼物

云图，在航线上有12级台风“白海豚”席卷，邮轮只能绕道避开台风中心，以确保乘客安全。

邮轮出行的时间段和线路，是邮轮公司经过几年酝酿确定的，预测春季不会在这些纬度遇到强对流天气，但今年暖空气却提前到达太平洋靠近马里亚纳海沟的这个区域。速度减至16节，而不是通常的20节，可仍然颠簸得厉害。虽然晚了6个小时到达横滨，却在途中收获了此行最绚丽的晚霞，体会了与大自然最深的融合。

在太阳从海面隐没的瞬间，云霞从夕照下

马里亚纳海沟之炫

的淡黄瞬间变成橘红，从远处的马里亚纳海沟起始，奇特地盘旋至头顶的整个天穹，波谲云诡的不知道在预示什么。根据以前日落时晚霞呈现的时间，到船顶去看整个天际已经来不及了，我站在位于船尾270度视角的房间阳台上，清晰地感受到彩云从升起处传导过来的能量在笼罩我、牵引我，一种莫名的孤寂感和轻微的震颤在心底升起，我开始在阳台上舞蹈。喔，世界就应该是这个样子，我是你的女儿，我是你的情人，我要进入你，也要你进入我，我要和你融为一体。

良久，我才反应过来，打算用镜头记录下这一切，因为此时此地，每剪一片天空就是一副彩色的画卷。可总是拍不出现实所见的样子，直到霞光收去了最后的红，变暗为灰色，再变为黑灰色，因为我们的星球已经完全遮挡了太阳。天空发生了地震？

老子认为黄色和红色的云是区分宇宙天人的颜色，这一思想被帝王借用来作为统御天下的理由，也成了老百姓安顿内心、指导日常生活的准则。通过这次环球之旅，我又好奇地看到了地球上的其他族群与自然界和超越界的相处之道。

马里亚纳海沟的晚霞

# 运河·海峡地峡的故事

# 海峡·苏伊士运河

在人类中的大多数人居住的北半球巡航，除了三大洋的魅惑，整个行程里最为鼓舞人心的便是行驶过两大陆地板块的海峡与地峡。苏伊士，巴拿马，这两条只在教科书里见过的运河，我很快就要去亲历了。

海峡与地峡是一个相对应的概念。海峡是指自然形成的、夹在两片陆地之间，两端连接大海域的狭窄通道，比如连接亚丁湾和红海的曼德海峡。地峡则与之相反，是位于两片水域之间连接两块陆地的狭窄通道，比如连接南美洲和北美洲的巴拿马地峡。在海峡或地峡处，经大量人工挖掘形成的水道称为运河，在运输和战争中起着重要的作用。

## 驶过苏伊士运河

苏伊士运河连接了地中海、红海和印度洋，是非洲与亚洲的划分界线，同时也是亚非大陆与欧洲大陆之间最直接的水上通道，是世界上使用最为频繁的航线之一。其实，早在古埃及、波斯战争、拜占庭时期，这条运河就有断断续

运河上的货轮

续的通航。1798年，拿破仑带领法军占领埃及，也希望开辟一条用来直接掠夺印度和中东财富的水上通道，只是在与工程师一起规划时，这个工程师测量出错，认定地中海比红海高10米，不可能贯通，所以没有实现。历史真的是不能假设，假如拿破仑真的如愿，历史的格局又不知道该如何书写了。

运河最后一次整修用了10年时间，1869年11月17日，在众多欧洲名流的见证下，运河再次开通。100多年来，关于这条人工运河的利益纷争不断，加上现代人对石油的需求，更是增添了持续通航的要求。1888年，西方数国签订了《君士坦丁堡公约》，约定必须保证世界各国的船只安全和自由通航。但是，近代几次中东战争都导致了这条运河的几次断航，直到1987年才真正回到埃及人手中管理。世事多变，在我们的邮轮刚刚行驶过几天，埃及又在动荡的局势中宣布停航一周，这也是整个环球行程中最值得庆幸的一件事。

目前，运河每天只能通行47艘船只。然

运河入口 | 运河岸边的哨所

直升机在运河上空巡航 | 邮轮通过运河上唯一横跨非洲和亚洲的大桥

在运河狭窄的水道上行驶犹如陆上行舟 | 风格独特的红色领航船

而全世界8%的海上贸易都要经过这里，于是2014年8月，埃及政府高调宣布，在运河东侧将用8.4亿美元开凿一条72公里的新运河，通行能力将增加至每日97艘。

苏伊士运河初建时，长164公里，深24米，宽201米。现在的长度则是193.3公里，8节速度航行的话全程需要13个小时左右。在这里的海峡中间，有4个大小不等的湖，自北向南是：曼扎拉湖、提姆萨赫湖、大苦湖和小苦湖，早上醒来，发现邮轮停在最大的大苦湖中央等待通行，周围还有不少等待的邮轮和货船。这里位置居然是惊人的北纬30° 20′ 5″，在地球这个纬度上，上演了太多的故事。太阳从一朵斜挂天际、状如鱼脊和鱼刺的云后升起，湖上渔船的帆影在晨光里分外迷人。不断有渔船在周围撒网，邮轮保安紧张地驱赶着靠得太近的渔船。

太阳高挂的时候，在领航船的引导下，邮轮开始了在苏伊士运河上由北往南的航行。春季，莺飞草长。尽管两岸原生态灌木丛里的黄

运河上的帆船

色花儿和岸边的小岛十分吸引眼球，我的视线却总是被在天空中急速飞过的大鸟带走。这种大鸟尾翼长长的，分成两支，翅膀中段在飞翔时形成的角度硬而有力，凌厉异常。运河上的渡轮码头、桥梁，河岸边的建筑、植物，无一不打上这个地域独特文明的烙印。我在长约300米的邮轮上流连徘徊，从船头到船尾，又从船尾走到船头，直至太阳隐没在埃及的地平线上。

在原来的计划中，邮轮是要在埃及苏赫奈泉港停靠的，那么金字塔、狮身人面像以及尼罗河等就是必去之地。但由于埃及议会选举在即，穆巴拉克获释，社会动荡暴力升级，邮轮公司也取消了埃及登陆计划，改由土耳其的马尔马里斯登陆。这对我又是一个意外收获，因为对于旅行来说，埃及的可进入性远比远离伊斯坦布尔的海岸城市马尔马里斯及其旁边的小镇达里安更高。

后来证明更换登陆地真是明智之选。几天以后，在与埃及紧邻的突尼斯，恐怖分子在博物馆枪扫游客，造成100多人伤亡。让人后怕的是，部分游客乘坐的邮轮与我乘坐的邮轮居然同属一家公司。愿他们的灵魂安息！

## 直布罗陀海峡

直布罗陀海峡位于西班牙最南部和非洲西北部之间，全长 90 公里，最窄处 7.7 公里，水深在 300~900 米之间，是连接地中海和大西洋的重要门户，同地中海一起构成了欧洲和非洲之间的天然分界线，被誉为西方的“生命线”。19 世纪苏伊士运河通航后，直布罗陀海峡更成了大西洋与印度洋、太平洋之间海运的捷径。

这里的岩石仍保留有 12 万年前尼安德特人在此居住的最后证据，近代非洲和欧洲间的非法移民也大多从这里通过。人类起源的非洲学说派认为，大约 180 万年前，这里的两块大陆距离很近，原始人类可以直接跨越海峡，因此这里也是非洲智人向欧洲扩散的重要通道。也有学派认为柏拉图记叙的亚特兰蒂斯消失之地也在这里，由于后来海平面一直在不断上升，曾经存在的神秘大陆最终被海水淹没。

地中海的黄昏

直布罗陀海峡是俄罗斯黑海舰队出入大西洋的必经之路，也是美国海军第六舰队和北约各国海军进出地中海的要道，美军可以凭借驻扎在西班牙罗塔海军基地的美国地中海舰队随时对这里进行控制和封锁。

英国曾经的殖民，造就了这个区域别样的文化现象。北岸，欧洲文化占主导地位，而南岸摩纳哥则由于700年来伊斯兰教在北非的传播，穆斯林阿拉伯人占主导，使用的语言也是阿拉伯语。今天，海峡两岸都有轮渡，半小时即可抵达彼岸。

这里还有国际鸟类协会确定的保护区，从这里进入地中海的一股洋流，有效地避免了地中海萎缩为盐湖。这一切，都赋予了这条重要水道以特殊意义，当然也是我忙碌于观看和记录的时候。

这是邮轮行程中的第4个峡道。此前穿行的3个海峡、地峡都集中在欧亚地区：将伯罗奔尼撒半岛与希腊陆地分离开的柯林斯地峡，位于西西里岛与亚平宁半岛之间的墨西拿海峡，

风云变幻的直布罗陀海峡

远观欧洲最西端的标志大力神

以及位于亚洲大陆西南端和非洲大陆之间的曼德海峡。

## 流泪之门曼德海峡

连接亚丁湾和红海的海峡叫曼德海峡，位于也门与吉布提之间，也被称为流泪门。全称“巴布·厄耳·曼德海峡”（Bab El-Mandeb）。bab 意为“门”，mande 意为“流泪”。这里风大浪高、狭窄礁多，航船常倾覆于此，以致船员航行到此便胆战心惊甚至流泪，渔民出海时家属也会为其安全而哭泣，因此得名。

苏伊士运河开通后，曼德海峡随之成为具有战略地位的重要海道，是世界最繁忙的海道之一。曼德海峡见证了人类的起源，持人类单地起源说的人士多认为它是 6 万年前人类自东非向外迁移的第一站。也许那时的海峡水很浅，移民可以沿着亚洲南部迁移。根据埃塞俄比亚东正教教会资料记载，海峡目睹了最早的犹太人迁移到非洲的过程。我想，《圣经》记载的“出埃及记”，讲述摩西在西奈山应神迹得十诫正

邮轮浪痕

式立教，然后带领犹太人离开被奴役之地埃及，寻找自己民族栖身的流着奶和蜜的地方，与这儿有着莫大关联。

曼德海峡被其中的丕林岛一分为二，近亚洲的东半部叫伊斯坎德海峡，近非洲的西半部叫马云海峡，其中岛礁密布，险象环生。

现今，在全球卫星定位导航的邮轮上，水手们不再恐惧和流泪。当邮轮行驶过这里时，没有风浪和惊险，柔柔的阳光洒在船顶，从甲板上能够看到远处红海上已经好几天没有见到的陆地，尽管只是一些岛屿。有趣的是红海上只见红色的船和红色的云，海水却依然是深蓝色的，正如你假使去了黑海也不会见到黑色的海一样。以地中海为中心，以南的是红色，以北的是黑色。这似乎与五行暗合，尽管红海真正得名于这里的红珊瑚。

## 马六甲海峡

离开胡志明市的第二个晚上，邮轮在我的睡梦中路过了环球行程中最南端的区域——由南中国海经新加坡向西北转入狭窄的水域，进入马六甲海峡。早上醒来测量经纬度，邮轮在北纬 1 度多的地方向西北方向行驶，马六甲海峡就是呈这个走向。这个海峡的东岸是马来西亚和泰国，西岸是印度尼西亚，总长只有 1 千余公里，最窄处仅 37 公里，是连接、沟通太平洋与印度洋的重要国际水道，是亚洲与大洋洲的十字路口，是亚洲、大洋洲、非洲、欧洲四大洲之间的海上交通枢纽，在经济、军事上的重要性堪比苏伊士运河和巴拿马运河。特别是苏伊士运河开通以后，马六甲的重要性更显现了出来，中国进口石油的 60% 都要经过这里运送回国。

元朝，中国人以马六甲海峡为界，称以东的区域为东洋，以西的区域为西洋，利玛窦在翻译大西洋的时候，也借鉴了这个观念。

在陆路，德国地理学家李希霍芬命名的“丝绸之路”，是指源自于中国内地，向西经过中亚、西亚然后到达埃及的商贸走廊。长期以来，丝绸之路一直被认为是由长安出发，经河西走廊

黄昏时分灯火通明的“大西洋”号歌诗达邮轮

出西域，至中亚，抵罗马帝国的唯一一条中西交流线路。这就是所谓的陆上丝绸之路。20世纪80年代以后，中外学术界确认丝绸之路还包括由东海至南海经印度洋航行至红海的“海上丝绸之路”。曾经发达的中国海洋经济，在文化、艺术、技术和器物的流通中，便是经中国东南沿海的几个港口出发，南下经过马六甲海峡后向西，把丝绸、瓷器、茶叶等运往中亚、南亚、欧洲和非洲，换取大量白银和物资。另外还有一条南方丝绸之路，是中国古代西南地区一条纵贯川滇两省，连接缅甸和印度，通往东南亚、西亚以及欧洲各国的古老国际通道，与西北丝绸之路、海上丝绸之路同为中国古代对外交通贸易和文化交流的主要通道。以成都平原为中心的古蜀青铜文化便是通过南方丝绸之路西传，丰富了南亚、中亚、西亚和欧洲地中海文明的内容，对世界古代文明的发展做出了重要贡献。

南方丝绸之路的零公里标志，就在我的家乡四川广汉三星堆博物馆旁边。三星堆遗址出土的商代金杖、金面罩和青铜雕像群，上源既不在巴蜀也不在中国其他地区，却有着与美索不达米亚、埃及、印度等世界古代文明类似的符号、风格及功能。临行前朋友送给我的三星堆大立人复制品，就是那个远古文明里最具代表性的文物，我在旅行中一直将其作为护身符带在身边。没想到带着这个源自南方丝绸之路零公里处的物件路过风云变幻的海上丝绸之路时，会引发我如此这般的神思。

# 地峡·巴拿马运河

运河上的货轮

巴拿马运河位于中美洲国家巴拿马，横穿巴拿马地峡，通过加勒比海连接大西洋和印度洋，是世界上最具战略意义的两条人工水道之一，另一条为苏伊士运河。巴拿马运河由巴拿马拥有和管理，属于水闸式运河，承载着全世界 5% 的贸易货运，美国与亚洲间贸易货运的 23% 都需要通过这条运河。

## 力量的角逐之地

特殊的位置，不论是出于贸易经济的需要还是国家战略的考虑，巴拿马运河历来都是利益大国争夺控制权的对象。

早在 15 世纪，征服墨西哥的西班牙人瓦斯科·科尔特斯就提出过修建运河的主张，但未指明适合开凿的地点。1523 年，也就是瓦斯科·努涅里·巴尔沃亚征服巴拿马之后，西班牙国王查理一世才明确提出了开凿一条中美洲运河的主张。1534 年，他下令对巴拿马地峡进行勘察，西班牙人便沿着山脊用鹅卵石铺出了一条穿越地峡的驿道，算是为开凿做了准备。从 18 世纪

邮轮在近大西洋的第一个船闸等待注水

开始，西班牙殖民政府陆续派员对墨西哥南部的特万特佩克地峡，哥伦比亚西北部的阿特拉托河附近的某个地点，尼加拉瓜地峡，以及巴拿马地峡四个备选地点进行勘察。然而，1814年，当西班牙终于决定开凿运河时，拉美爆发了独立战争，整个计划被打乱，直到1823年，才由危地马拉、萨尔瓦多、洪都拉斯、尼加拉瓜和哥斯达黎加5国组成的中美洲联邦共和国向美国正式提出援建运河的请求。下令开凿巴拿马运河的是美国第26任总统西奥多·罗斯福，这是他任内的主要功绩，他也因此被美国人民雕入总统山。但英国、法国、荷兰、西班牙等国当时都有介入，美国是在1865年南北战争结束后才以《美马条约》控制了巴拿马运河。当西奥多·罗斯福宣布“我拿到了地峡”时，塞缪尔·早川教授说：我们是正当地偷窃了它。在1914年巴拿马运河开通后的86年中，有82.5万艘船只通过这里。1920年向国际开放后的60年里，美国从这里获得的收入超出450亿美元，而巴拿马则仅有11亿美元。所以当1999年12月31

货轮缓慢进入打开的船闸

用河水注入船闸抬高水位

日运河正式由巴拿马拥有和管理后，当地人民欢欣鼓舞。

在中美洲的这个地域，我们国家的影响力也在不断增强，是这条运河的第二大用户，尽管巴拿马运河的过路费很高，平均每艘船只的通行费为13430美元。2015年初，国内有一则不热门的消息称，中国私人富豪在尼加拉瓜修建运河获批，预计这条全长278公里、耗资500亿美元的大运河建成后，将比巴拿马运河更深也更宽。这条消息给了我无尽的想象，也充满了期待。

## 有一种计量单位叫巴拿马吨位

被美国工程师学会誉为世界七大奇迹之一的巴拿马运河，总长65公里。美国在1904年接手运河项目后，用10年时间完成了贯通首航。这个高出海面26米的运河，船只要借助水闸提升的方式通过。从大西洋出发，要经过3道船闸才能到达太平洋。第一座船闸靠近大西洋，有3层，闸门高21米，每扇745吨；后两座船

等待通行的船舶 | 运河上疾驶的小艇

船只在驶入近太平洋的第二个船闸前要下穿一座桥 | 运河岸边的春天

繁忙的巴拿马运河

闸靠近太平洋，分别有2层和1层。允许通过巴拿马运河的船只的最大尺寸是304.8米长，33.53米宽，12.55米深。于是在世界造船业和航运业中，便有了以此为参照的标准，如果超出这个尺寸，航线只得无奈地加以更改，需要绕过合恩角，里程也随之增加3500海里；或者选择铁路和公路穿越巴拿马地峡，不过那又是另一番景象了。

巴拿马运河的这个尺寸当然不能满足日益增加的航运的需要。在巴拿马人接管运河后，先后采取了一系列的技术改造。2006年，经全民公投同意投资52.2亿美元进行扩建，在巴拿马庆祝运河开通100周年的2014年，427米长、55米宽、18.3米深的第三套船闸改造完成，使超过巴拿马型船的军舰得以轻松通过，货运年通过量也几乎翻番。

## 玫瑰云下行驶过巴拿马

通过运河的每一艘船只都有一名或多名领航员上船领航，这与通过苏伊士运河的方式相

米拉佛洛雷斯船闸玫瑰色的晚霞与灯光交相辉映

同。邮轮在大西洋一侧的运河口等待领航员上船，然后从早上开始，经由利蒙湾约11公里的航道到达靠近大西洋的加通水闸，看着船闸升降，慢慢注水放水，升高船位，再缓慢驶过运河借道的加通湖；通过近40公里的甘博阿人工渠后，又行驶10多公里至靠近太平洋一侧的佩德罗米格尔水闸，将船只降低9米，进入高于海平面16米的米拉佛洛雷斯湖；湖上有一座横跨两岸的大桥，邮轮穿桥而过，行驶2公里后到达米拉佛洛雷斯船闸，水位在这里降至海平面。邮轮通过这个最后的船闸时，太阳已渐渐西沉，在注水的闸门开合中，我又一次见到了玫瑰色的晚霞，上一次是在西西里岛埃特纳火山的日出前，再上一次是在新西兰特卡波湖的早上。在晚霞的映衬下，灯光照在运河上，有着100年历史的闸门泛出陈旧而又神秘的光。在为关闭的河段注水时，有鸟儿的身影从这狭窄空间的水柱旁掠过，像是捎带了来自时空深处的问候。再次庆幸选择了位于船尾不高的楼层房间，得以在此时伴着这样的景色走过巴拿

在邮轮上看船闸内的河段注水

巴拿马河边的闸坝

连接南北美洲的大桥

在太平洋上回望运河最后一道船闸

马运河。

在运河最后一段 11 公里的人工河道行驶，下穿过连接南北美洲的 Via Panamericana（泛美公路大桥）时，天色已经完全暗了下来，是这座著名大桥的灯光让我有幸用相机拍下了它。2013 年末，我在这条公路最南端的阿根廷火地岛上，曾经萌生过要穿越它、然后到达美国阿拉斯加的洲际公路的念头，尽管这条公路连接美洲南北两端，总长 17000 多公里。此时我想，或许某一天，这条公路和这条公路上的这座桥会留下我的足迹。

岛居之神祇

# 知道和不知道的卡塔尼亚

地球上的火山分布在地壳的断裂带，主要集中在环太平洋一带，印尼向北的缅甸、喜马拉雅山脉、中亚一带，还有西亚到地中海一带，是地球北半部人类集中居住的地域。邮轮的路线恰好规划了两个火山分布地带：地中海的可可西里岛、基克拉迪群岛和太平洋的夏威夷群岛火山带。所以邮轮在海洋上中行驶时，必然会不时遇见岛屿。如果说大西洋中的亚速尔群岛给出了传说中业已消失的陆地以可能的示现，克里特岛传递了欧洲文明源头的式样，那么，在西西里岛、基克拉迪群岛、夏威夷群岛、日本列岛的登陆，则让我更多地目睹了这些火山口上居住的人们与自然，与他们的神祇的相处之道。

我们或许不知道卡塔尼亚，但不可能不知道西西里，不可能不知道形状有点与富士山混淆的埃特纳火山，不可能不知道巴洛克建筑始源地，不可能不知道歌剧传奇人物贝里尼。他们都在这里，与世上最年轻的火山有关，与这

卡塔尼亚港远处的埃特纳火山

港口中的古堡遗址

个有50多座教堂的世界文化遗产之城有关，与曾经的黑手党有关，与从北非输送天然气到意大利本土的管道有关。这是意大利西西里岛的首府。

西西里岛上最早有若干相互间不大往来的城邦。公元5世纪以降，希腊人和非洲人是居住在这里的主要人种，后来迦太基人为取得这座岛屿的控制权而与希腊人征战多年，最后是罗马人赶走了这里日渐增多的穆斯林，把这座岛屿建设成了以基督宗教为主的地方。由于许多世纪以来与不同血统和身体形态的种族相接触，西西里人成了一个多样化的民族，其中大多数西西里人说意大利语的西西里方言，少数人说阿尔巴尼亚语或希腊语。

宗教教义的传播需要场所，于是大规模的教堂建设便应运而生。然而，在这座岛上，走遍受保护的中心城区却几乎找不到圆顶教堂。在宗教的建筑符号里，“圆顶”是凡界与天界圆融的象征，代表和谐、公正、公平等，加上巴洛克建筑本身的特点也要求繁复宏大富有动

| | |
|---|---|
| 卡塔尼亚港的码头 | 晨曦中的埃特纳火山 |
| 泊满游艇的码头 | 卡塔尼亚港的黄昏 |
| 少见的八角形穹顶建筑 | 教堂雕塑 |

感，不可能回避圆顶。地陪答复了我的疑问。她说，尽管这里的人们在有记载的9次火山喷发后不断重建，对这片因火山隆起而形成的陆地家园不离不弃，但他们还是认为上帝似乎也有不公平的时候，因此上帝的居所在当地的工匠的理解里也就少了圆顶，后来虽然有所调整，也只是在建筑上用八角形的穹顶替代而坚持不用圆顶。

由50多座教堂组成的中心城区已被列为世界文化遗产。巴洛克建筑风格始源地的大量宗教建筑不仅宣扬了罗马人自己的宗教教义，也宣扬了统治者维护统治地位的必要。有趣的是这里的民房，为了让女士那花朵般美丽的裙裾便于向路人展示，阳台总是向外突出，因为那个时代的男女约会形式是街边的男士与楼上的女士隔空调情。

圣阿加塔大教堂是卡塔尼亚的主教堂，始建于公元11世纪，是意大利第三大教堂。教堂的后殿仍保留了最初的诺曼式结构，其余部分曾数次毁于地震。现在的大教堂主要部分复建于 18 世纪，是由埃特纳火山黑色的火山岩和锡拉库萨特产的白色石灰岩修建而成的巴洛克式建筑，正面雕刻着圣阿加塔半身像。圣阿加塔是卡塔尼亚的守护神，每年 2 月 5 日的圣阿加塔节是卡塔尼亚最盛大的节日，也是世界第三大基督教节日。

这座岛屿的骄傲、意大利 19 世纪歌剧作曲家贝里尼也葬于圣阿加塔大教堂里。贝里尼的音乐富含浪漫主义特色，旋律清丽婉畅，他歌剧中的许多咏叹调至今仍被奉为美声唱法的经典教材。而歌剧，本来就源自教堂的各种仪式，从戏剧、道德剧、神剧发展而来。他的著名作品《进行曲 (1831) Marcia 》便是我在卡塔尼亚游历时听的音乐。

从凌晨抵达到傍晚离开，不论是在晨曦中、朝霞里、白云下、夕照时，还是在教堂后或者大街的尽头，都能感受到这里的奇特价值。于是我有些明白这里的人们为什么对这片有着太多灾难的土地始终不离不弃了。

圣阿加塔教堂外墙的雕塑

教堂里的修女

中心城区随处可见的路旁雕塑

巴洛克建筑风格的阳台

## 不一定知道的基克拉迪群岛

圣托里尼是这个群岛里最著名的小岛，在13世纪由威尼斯人命名。岛上伊亚小镇蓝顶白墙的教堂，吸引了不少中国青年只为拍一次婚纱照而前来“朝圣”。

这个位于欧亚大陆板块和非洲大陆板块连接处的岛环因多次火山喷发形成，现在的岛屿面积为96平方公里，但还在继续扩展中。拜火山所赐，世界上唯一的黑色沙滩就在这里了，路旁黑褐色像土壤一样细碎的火山熔岩上寸草不生。

邮轮停泊在环礁中间，然后用救生艇将我们运送至锡拉镇的码头，小艇在水中翻起的浪花如飞鹰展翅般吸引目光。登岛后再坐缆车到圣托里尼岛的最高处，从这里可以看见岛环全貌，最远处便是那个正在增长的火山了。我们那艘8万多吨的歌诗达（Costa）邮轮在这个岛环中也显得不那么伟岸了，看来世上的事物总是处在相对中，大与小要看所针对的参照物。

这座岛上有19000人，却有500多个教堂，平均每30人便拥有一个教堂。导游介绍说，这不算什么，岛环中还有100多人拥有40个教堂的岛。

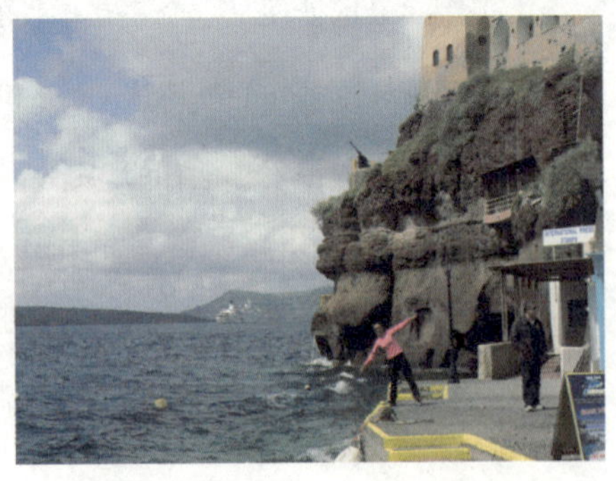

碧海蓝天间的白色建筑 | 蓝顶教堂

矗立在山顶的教堂 | 岛环中的邮轮

绘制在教堂顶部的圣经故事 | 雾霭中邮轮在环礁中隐约可见

夕照中的锡拉镇码头上 | 架设在峭壁上的大炮至今尚在

# 绝对知道的夏威夷

雨雾中的夏威夷岛

白云环绕的火山口

瓦胡岛的夜晚

瓦胡岛上的国王塑像

地质学家认为太平洋板块一直在夏威夷的下方移动着，就像一张纸在点燃的蜡烛上移动，移到哪里，哪里就可能喷发火山和发生地震。地球上活动着的热点就在这里，另外还有美国黄石公园和冰岛。

这个远离美国本土4000多海里的州，最早的居民是波利尼西亚人，1778年后才有欧、亚移民陆续到来。1795年建夏威夷王国，1898年被美国吞并，1900年归属美国。

夏威夷语属于南岛语系的马来—波利尼西亚语族，与毛利语、斐济语、萨摩亚语、塔希提语接近。1978年，夏威夷语与英语一起被定为夏威夷州的官方语言。现今，在语义为“故乡”的夏威夷，“阿罗哈”这句不易翻译的问候语，加上问候时必定露出的笑容，体现了当地不同种族和平相处的价值理念和人文精神。

因夏威夷处在太平洋中间的位置，所以亚裔占38%，欧洲白人占20%，其余人口由美国多元种族组成。在人口比例中，土著只占5.5%并且占比仍在下降，今居民以欧美白人和日本

夏威夷岛上翻卷着的红色岩浆

刚刚结束喷发的火山仍余烟袅袅

罗令瑟斯顿的熔岩隧道

人居多，其次是混血儿、菲律宾人和华人。美国总统奥巴马便出生在这里。

与多元种族相对应的，是随处可见基督教教堂、神庙谷、供奉着佛陀的日本寺庙以及中国城的庙宇，在首府火奴鲁鲁所在的瓦胡岛上甚至还能见到1881年首次统一这里的卡米哈利拉国王塑像。在融洽相处中强调文化差异，而强调文化差异又是为了求得更为融洽的相处，这就是我眼中的夏威夷。当然，关于夏威夷的第一联想还是草裙舞，这个被当地人叫作“乌拉舞”的舞蹈来源于最早的土著神圣仪式，体现了人与自然和谐相处的美好愿望。

## 基拉韦厄火山

夏威夷有6个主要岛屿，我们此行登陆了其中3个：首府瓦胡岛、浪漫的毛伊岛和夏威夷岛。基拉韦厄火山就在被称为大岛的夏威夷岛上。由于基拉韦厄火山在邮轮达到的前一周开始喷发，我们登陆岛屿来到火山口时，游客已被新的围栏隔开，但是火山口喷烟袅袅的样

毛伊岛一角

肥硕的蕨苔

被雨层云笼罩的小岛

茂盛高大的蕨类植物

雨中的海岛

态、火山爆发形成的熔岩流以及月球表面般荒芜苍凉的景象仍能尽收眼底，让人感到惊心动魄！

沿着火山口一条陡峭的下坡小径，可以到达一条熔岩隧道。这是一条由火山熔岩从山顶迅速往下流时形成的隧道，由于顶端和两侧的表面冷却，形成一层外壳，而熔岩则继续流至海岸，形成一道中空形的熔岩隧道。由于它是被一个叫作罗令瑟斯顿的探险队员最先发现的，所以这个熔岩隧道便以他的名字命名。岁月更迭，时光荏苒，如今隧道口外长满了绿色的锯齿类植物，洞内偌大的空间潮湿而凉爽。

虽然随着新的人群和新的植物不断被带入，导致了一些土著的植物因生物链受到影响而消亡，但这里仍然是地球各种动植物群最为丰富的地带。世上 22 种气候带，其中就有 21 种存在于这些分布在太平洋的岛屿中，景色在地球的这一角得到了独一无二的呈现。我印象最深的是，曾经为恐龙食物的蕨类植物，在这里，已不像在蜀山中见到的那样低矮和零星，而是

冲浪者的天堂

毛伊岛上的熔岩沙滩

大海龟与人

高大如乔木，比 2014 年我在新西兰南岛雨林旁见到的还要壮硕，而那时我就已经赞叹不已了。

## 毛伊岛

虽然多次获奥运会游泳冠军的现代冲浪发明者杜克的雕像在首府瓦胡岛上，但夏威夷群岛中最适合冲浪的却是毛伊岛。沙滩上那些硕大的海龟慵懒地听凭海浪冲刷，而海水中人们却驾着风帆在冲浪，帆影犹如穿行在火山熔岩间的彩色翅磅，在远处云雾环绕的火山映衬下，凸显出人类活力和生命激情。

毛伊岛除了北部是每年冬季吸引全世界的爱好者前来冲浪的胜地，最吸引我的还是西线海岸。西线海岸，即便站在民居旁，也能看到路旁鸟类保护湿地大片鹅黄的多肉植物里时不时有一两只纯白的鸟飞起，远远的，分不清种类；看到在火山熔岩中翻卷的白色浪花停歇后，海水在嶙峋起伏的熔岩中因溶洞的深浅而泛出的或深或浅的蓝，与白云蓝天交错呈现，几株高出大片低矮灌木的植物在岸边分开了天际线，点缀在蓝色海天的中间。即刻有船友在向本地居民询问房屋价格，看来是有人动了心，想在这里居住了。

岛上植物

# 多神的日本岛

与其他认为只有一位人格神存在的宗教不同，日本的国教神道教仍然保留了泛灵多神信仰，这在《金枝》的作者、英国著名宗教史学家詹姆斯·弗雷泽的观念里显然是个例外。虽然有佛教的传入和道儒思想的影响，然而日本人自己定位了这些关系：不应把自己的神置于印度和中国的神之下，并赋予自己的神以情感源泉，来体验世界和升华情感。所以，当你踏上这个岛国的土地，置身民众当中与他们交流时，你能感觉得到这个资源匮乏、地震和火山喷发频繁的岛国，那些内心得到了安顿的个体所表现出来的泰然、从容以及对世界的好奇。

在东京台场正好遇到动漫活动，高高的摩天轮下满是装扮成动漫人物的青年。场地外，至少排了两公里长的队伍在等待进入现场，整齐又安静。

邮轮在横滨港停留了一个晚上，这是整个行程里除了曾在美国东西海岸留夜两个城市港口以外唯一的一次。市民对这艘正在环游世界的邮轮进行了围观，并以邮轮为背景摆出各种

浅草寺的雕塑

雷门

东京街头的和服女

姿势合影留念。邮轮游客中有人最初因长辈死于日本侵华战争而不愿踏上这片土地，是出于好奇和从众心理才尾随而来的。在目睹和体会了这个族群的日常生活态度之后，看到他们对陌生游客表现出来的善意，经历了离开前港口广场的狂欢夜，以及看到站满港口目送灯火通明的邮轮消失在暗夜中那些真诚的人们，让我们对其有了新的认识。

仇恨不能忘记，但唯有宽容才能自我救赎。美国斯坦福大学弗雷德·拉斯金教授组织了一个针对宽恕的研究小组，得出的结论是："宽恕不是一味地承受他人给予的伤害，不是说人家打你左脸你把右脸迎上去；宽恕不是逃避痛苦的记忆，或者对错误的行为找借口，也不是一定要你和伤害实施者妥协；宽恕并不是让这些伤害了我们的人可以侥幸逃脱，也不意味着我们被动接受不公平的待遇。宽恕的目的在于给我们自己一种内心的宁静。"宁静的内心才是真正意义上的强者本来就应该有的特质。

城市·文化的容器

# 以佛教信仰为主的东方城市

从氏族、部落，到城堡，再到城市，城市是人类在与自然、与同类之间的关系演进中走向成熟和文明的标志，也是人类群居生活目前在地球上的最高级的形式。人们在拥向城市时，也带来了各自的信仰和代表信仰的符号。

诞生在公元 1 世纪的基督教、公元 7 世纪的伊斯兰教和公元前 6 世纪的佛教，在地球上各自被一部分国家列为国教。我们的环球邮轮正好在这些拥有各自的宗教信仰或者共存着不同宗教信仰的国家都有登陆，使我有幸在这个行程里见到了不同信仰的族群的生活片段。

邮轮从上海出发，离开东海、南海，在北印度洋登陆沿海的港口城市。从东往西，先后在险峻的安达曼海登陆普吉岛，在丰饶的孟加拉湾登陆科伦坡，在神奇的阿拉伯海登陆塞拉莱，在马尔代夫登陆也许 100 年后会消失的马累。

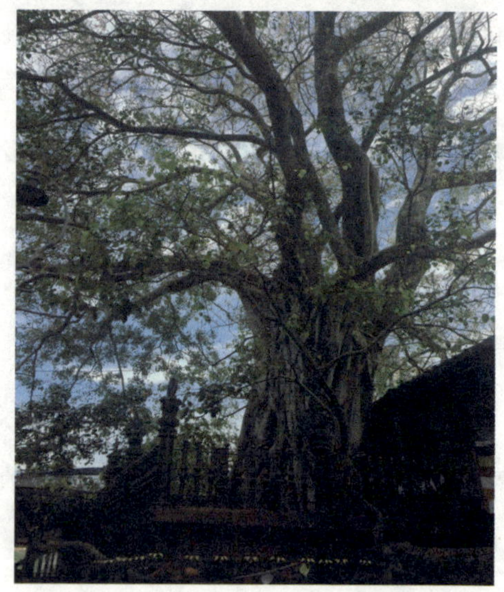

用绸缎和珠宝装饰的菩提树枝

高大的菩提树为树下的塑像遮阴

## 科伦坡 · 佛教的国度

早在公元前 247 年，佛教就传入了斯里兰卡，锡兰王和诸贵族是最初的信徒，后来随着社会的凋敝而衰落。1948 年斯里兰卡独立后，佛教开始复兴，并被定位国教。这个位于亚洲南部的岛国，是印度洋上东西航运的必经之地，素有“亚洲门户”和“东方十字路口”之称，又因整个岛的形状像一滴水，被称为印度洋上的一滴泪珠。因为斯里兰卡曾先后沦为葡萄牙、荷兰和英国的殖民地，昔日建造的印度教和佛教庙宇、伊斯兰教寺院、基督教教堂在科伦坡街头交相辉映。

除了跟随大家一起参观了独立广场外，我和另外几个游客还专门去了年代久远的冈嘎拉马（Gangarama）佛寺。一株超大的古老的菩提树被专门搭建的玻璃房装饰起来，一支树枝横向伸出窗外，枝干上被包裹上金色的绸缎，挂满珠宝。《佛说大乘无量寿经》这样描述过菩提树：“金珠铃铎，周匝条间。珍妙宝网，罗

科伦坡博物馆的树上停满了鹦鹉

覆其上。百千万色，互相映饰。”其华美程度可以想见。菩提树的正中央有一尊佛祖释迦牟尼塑像，树的后面放了长长一排装满了水的碗，人们虔诚地捧起来将水从佛像的头顶浇下。坐在菩提树下仰望参天的树冠，阳光从树叶枝干间穿过，星星点点地洒下来，并不刺眼，倒是让人不由得沉静了下来。佛祖曾在菩提树下了悟真我，弘法 48 年最后说自己什么也没说，这是担心末世之人执迷于对其中只言片语的领会，而忘记了他想让众生从世间万物的有为法中领会空性，从而进入形而上的本意。

僧伽罗和泰米尔新年是斯里兰卡最重要的传统节日，时间是每年的公历 4 月 13 日至 4 月 14 日，类似于中国的春节。但斯里兰卡新年特别的习俗是把新年钟声敲响的前后半小时称为“凶期”或“行善期”，此时要停止一切活动，待在家里或去寺庙听经守戒。“凶期”一过便立刻喧闹起来，鞭炮齐鸣，开始进行大规模的娱乐活动。

我们登陆科伦坡的时间是公历 3 月 13 日，

独立广场外的石雕

科伦坡博物馆里的少年

童婚的新郎与新娘

尽管离僧伽罗和泰米尔新年还有一个月，但这个只有几十万人口的城市已是一派节前景象，交通繁忙。这一天也是结婚的好日子，在参观一个寺院时，导游杰克热情地向我介绍了对面正在拍照的结婚新人。他说的结婚新人中，除一对青年外，还有两三对儿童。我这才想起来，童婚在这里流传已久。

## 普吉岛·交错着佛寺和清真寺

普吉岛是泰国最大的海岛，也是泰国最小的一个府，位于泰国南部马来半岛西海岸外的安达曼海 (Andaman Sea)。首府普吉镇地处岛的东南部，是一个大港口和商业中心。迷人的风光和丰富的旅游资源使其被称为安达曼海上的一颗明珠，有“珍宝岛”“金银岛”的美称。除矿产锡外，这里还盛产橡胶、海产和各种水果。

普吉岛上交错着佛教寺庙和清真寺。邮轮登陆地在西南角，我们要乘车纵贯全岛去东北角的攀牙湾和007岛。尽管佛教是泰国的国教，据说全国有3万多个佛教寺庙，但在这里，除

机动船行驶在攀牙湾的小岛旁

用电影《007》命名的小岛

崖洞里泛着灵光的植物

总是充满动感的普吉岛沙滩

了佛像和佛寺外，我在经过普吉岛中部地区时看到最多的还是清真寺。伊斯兰教和其他宗教在某些局部地区占据主要位置，大约是地理位置决定的。

去攀牙湾区还要乘坐大约40分钟的机动船。船刚刚驶出码头，我便被远处海面上或独立或重叠，或清晰或隐约的山峰吸引，犹如海上的一道道屏风。这些山峰没有被誉为“海上仙山”的越南下龙湾山高，但其顶部线条圆润，在这碧水之上显得十分特别。随着机动船的逐渐靠近，能够看到海水拍打洞穴的浪花，五颜六色的岩石丰富之极，岩石缝里的植物也千姿百态，像是向游客伸出一只只热情的手。

我们此行主要是奔小岛上的洞穴去的，所以还需要再次换乘只能容纳两个人的皮划艇。由于我们到达小岛已时值正午，那个里面有沙滩、可以步行的洞穴已被涨起来的潮水封住洞口，水手彭只能带着我乘坐在皮划艇上游历了还没有被潮水淹没洞口的洞穴。仰面躺在皮划艇上看原始洞穴里的风景，还真是我在攀牙湾泛舟过程中最为享受的时刻。有时候没有一丝光，打开手电筒照去，能看见蝙蝠一动不动地趴在光柱中。有时候又突然有光穿过洞壁的缝隙，照射在不知存活了多少年的热带植物上，从下往上逆光望去，晶莹剔透的，自然而且灵动。

马累上空的满天红霞

# 信奉伊斯兰教的西亚

伊斯兰，在阿拉伯语里有顺从、和平和安宁之意。这是一个顺从安拉、崇尚和平、祈求安宁的宗教。特有的绿色就代表和平之意。信奉伊斯兰教的国家遍布亚、非两个大洲约50个国家，其他如英、美、俄、法、德等国也有穆斯林。

## 塞拉莱·阿拉伯的世界

登陆阿曼以前，脑子里面满是阿拉丁神灯一类的念头，于是我调动所有的好奇开始了有生以来第一次对阿拉伯真实世界的探寻。

阿曼的全称为阿曼苏丹国，是一个发展中国家，信奉伊斯兰教。它位于亚洲西部的阿拉伯半岛东南部，是阿拉伯半岛最古老的国家之一，扼守着世界上最重要的石油输出通道——波斯湾和阿曼湾之间的霍尔木兹海峡。早在公元前2000年，阿曼就已经广泛进行了海上和陆路贸易活动，并成为阿拉伯半岛的造船中心。

塞拉莱位于阿拉伯半岛南岸，是阿曼南部佐法尔地区的首府与主要海港。下邮轮后，我

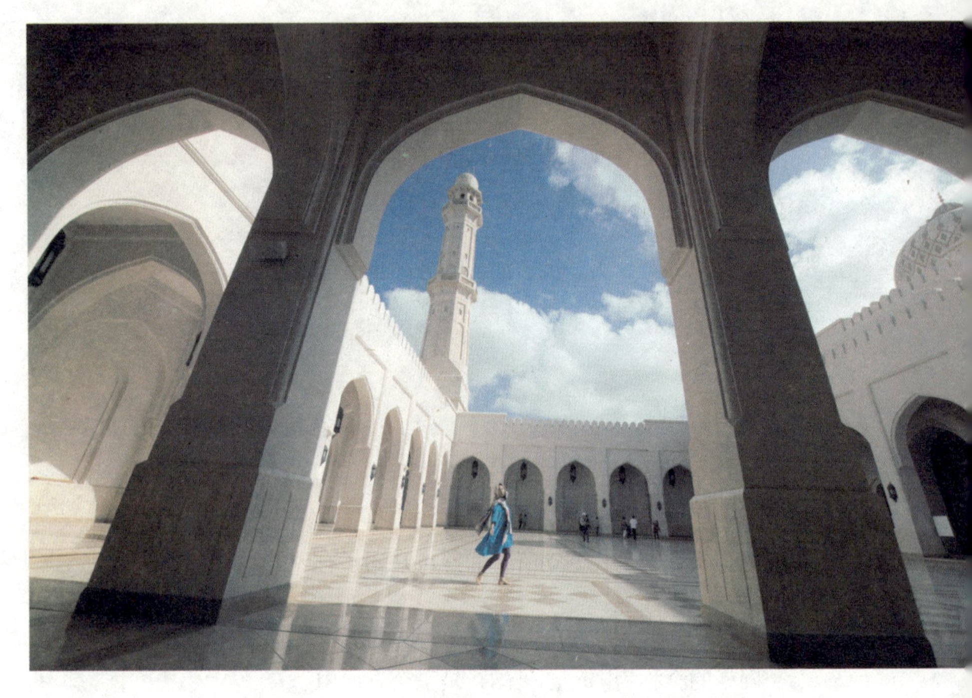

在塞拉莱清真寺里赤脚行走

们便乘车去了塞拉莱最大的清真寺 Shanfari。在阿曼还是曾经被世界上很多国家孤立的君主独裁国家时，苏丹约束百姓的一些规定让人不能接受。1970 年，小苏丹推翻其父上台执政，在英国政府支持下，繁荣开始显现，网络覆盖全国，人们开始享受现代生活。阿曼也因此成为阿拉伯世界第一个赋予女性以选举权的国家，平日里大部分女性在公共场合也只戴面罩而非面纱。尽管如此，女性在进入清真寺 Shanfari 时，出于一种礼仪，不仅像男性一样必须脱鞋，而且还要包头并裹住其他裸露的皮肤。我也赤脚裹头，顺着铺设的地毯进入大厅。清真寺顶部昂贵且巨大无比的水晶吊灯照耀着每一个角落，辉煌而豪华，可由于阿曼人待人之真诚无与伦比，这种辉煌豪华的装饰不但没让人像通常那样感到疏离和不安，反而使得身处其中的人有种亲和感，内心也更为宁静，并且乐于传颂。这似乎更符合伊斯兰的本意。

塞拉莱之行最令我难忘的是乳香博物馆。乳香是一种飘着淡雅清香的树脂，在古人的香

开着花的乳香树枝

塞拉莱乳香博物馆

商场里乳香从炉中散发出特别的香味

方中，对乳香的使用包含了生活、宗教、祭祀等各个方面，素有“沙漠珍珠”“上帝的泪珠”“白色黄金”之称。塞拉莱古代以盛产乳香闻名，世界上最好的乳香也是这里出产的。2000 年，阿曼境内“乳香之路”的 4 个遗址被联合国教科文组织列入《世界遗产目录》。博物馆周围种满了乳香树，但最令人刮目的还是院子中央那株老迈的乳香树。乳香树的寿命最多只有两百岁，而这株乳香树却有一百多年的树龄了。于是，博物馆为此做出了别出心裁的设计，让其孤傲地伫立在院子中央，一副遗世独立的样子。后来，我从塞拉莱的 AI Husn 露天广场收罗了一些乳香，打算留待以后慢慢尝试用一些与它性情配伍的香料调和出别致的香氛来。

这个乳香博物馆还对法拉吉做了专门介绍。阿曼人拥有两项最杰出的传统工艺：造船和法拉吉。法拉吉是一种独特的农业灌溉方法，能够在不使用机器的情况下，将水输送到全国的几乎每个角落，千百年来，它在阿曼农田灌溉和为居民提供用水方面发挥着重要作用。可以说，法拉吉不但为这个沙漠岩石居多的国家带来了宝贵的水源，也形成了阿曼村庄的独特布局，并由此塑造了阿曼人的传统生活方式。正是因了这一神奇的灌溉系统，不少人才从周边一些完全仰仗雨水浇灌的国家迁徙而来。他们从波斯通过狭窄的海峡来到这里定居，因此也带来了阿曼人口的增长，在1993年的人口普查中，阿曼全国200万人有四分之一都是外国血统。由于法拉吉历史悠久、结构独特，加之实用功能突出等，在2006年被联合国教科文组织列进《世界遗产名录》。如今，尽管阿曼已经引进了大量的现代农机设备，但法拉吉仍在农村被广泛使用。这让我想起了我国新疆的坎儿井。为避免水被烈日蒸发，坎儿井利用雪山的高度，开挖出一条暗河把水送到荒漠深处。前几年我曾在坎儿井里步行几公里，不仅避开了地面的曝晒，还一睹了绿洲带给荒漠地区人们的惬意生活。

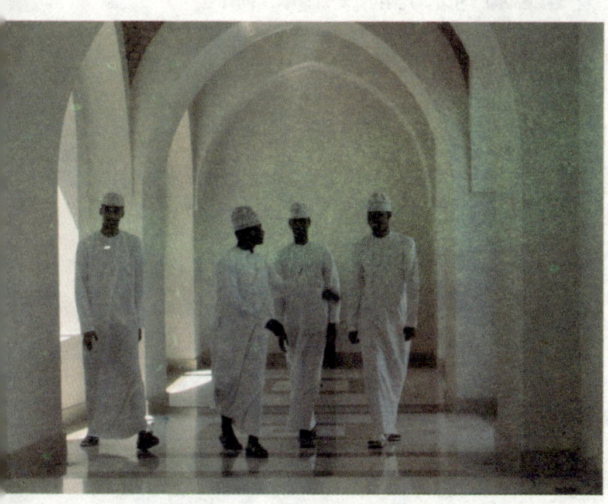

塞拉莱港口

城市道路

酒店服务生

## 马尔代夫·全民转换信仰

马尔代夫全国从佛教转奉伊斯兰教是在1153年。相传马尔代夫曾一度被恶魔控制，这个魔鬼每月出海一次，威胁马尔代夫国王每个月都要交出一个处女，不然的话就将马尔代夫毁灭。于是国王便在全国上下抽签，然后将选出的年轻女孩们安置在海滨的庙宇里供恶魔挑选。谁知第二天这些女孩却被恶魔全部杀害。有一年，一个伊斯兰学者游历至马尔代夫时得知了这个情况，便决定解救这些女孩。他乔装打扮成女孩，并在恶魔到来的前夜在海滨庙宇中诵读《古兰经》，结果恶魔却没有出现。当国王知道《古兰经》打败了恶魔之后，便下令举国信仰伊斯兰教。

经过几百年的积淀后，在马尔代夫有人居住的200多个岛上，每岛都建有清真寺，但最有名的还是首都马累伊斯兰清真寺那些漂亮的宣礼塔建筑群。

只有大约10万人居住的马尔代夫首都马累，却是世界上人口密度最大的城市之一，足

蓝天白云下金色的马累宣礼塔

见这个岛国土地之珍贵。因为地处印度洋，这里的人既有尼格罗人和阿拉伯人的面部特征，也找得到印度和僧伽罗人的特点。

尽管这里曾经有过女苏丹统治，女性也可以接受教育和参加工作，但这里的沙滩与人们脑海中的比基尼和天体浴无关，这个伊斯兰国家仍然对女性着装有着较高要求，游客也被提醒要遵守当地习俗。

在国内没有直飞这里的航班，我曾辗转香港、斯里兰卡，在这里的卡尼岛水上房住过7个晚上。那次由于为了晚上看小鲨鱼游过栅栏在房间周围转悠的场景，浮潜时差点呛水，让我至今仍心有余悸，所以这次选择了从有潜艇下潜观鱼的康杜玛岛登陆。以冲浪闻名的康杜玛岛很小，20分钟可以步行环岛一周，只是这个季节不会有太高的浪，没有见到冲浪的人。但是，在登陆快艇上远远看到一朵完整的云中之王——积雨云笼罩在一个小岛上，却让我满心欢喜。积雨云顶部亮白，底部深灰，并正在降着雨，完全满足积雨云的所有要素。快艇尾

康杜玛岛一角

不断变换的快艇浪痕

部的浪形在不断变换，忽而呈三角状，忽而又呈五星状。天际线上，我们的邮轮隐约可见。这是海上跃动的生机，完全没有了在大洋航行时的安静和慵懒。

潜艇观鱼和珊瑚让我有些失望。尽管下潜的深度只有40多米，也有船体射灯照明，潜艇上的船员用喂食的方式也引来了不少鱼群在舷窗外游弋，但是隔着厚厚的双层玻璃，五色的彩鱼和斑斓的珊瑚都被过滤成了一片蒙蒙的灰色，其他什么也看不见。

## 马尔马里斯·欧亚的十字路口

这是邮轮因局势而改变的行程，原计划应该在埃及的苏赫奈泉停靠。

仅从与其相邻的国家、地区和海域来看，就能领会到土耳其在战略和经济意义上的重要性：西北方是保加利亚和希腊，东北方是格鲁吉亚，东部与爱沙尼亚和伊朗接壤，南部除了和叙利亚和伊拉克接壤外还面临地中海，北部是黑海，西南方是爱琴海。马尔马拉海与博斯

土耳其西南部的春色

马尔马里斯港　站在邮轮上看到的马尔马里斯港口

石壁上是将军悬棺　暮光中的马尔马里斯港口

普鲁斯海峡、达达尼尔海峡一起组成土耳其海峡（又称黑海海峡），将土耳其划分为亚洲和欧洲两个部分。

马尔马里斯是土耳其西部沿岸一座迷人的海滨城市，是理想的水上运动和航行场所，也是爱琴海岸“蓝色之旅”的起点。在休息站，我见到一位带着侄儿的纪念品摊主，从他们的相貌特征上完全分辨不出是亚洲人还是欧洲人。由于历史的原因，这个地处欧亚十字路口的国家可以说已经没有一个纯正的本国血统的人了，虽然1923年建立了共和国并恢复了自己的语言，但是历史已经不能改写。

登陆土耳其的鱼粮主要产地达里安河旁的达里安镇，我开始寻访遗迹。当年横扫欧亚非的罗马帝国曾在这里建立剧场，其规模大小是按照该地人口的10%来确定的。这个剧场有500个座位，由此可以想见，在这个土耳其最西端的小镇上，公元前5世纪该是何等繁盛！这里90%的人信奉伊斯兰教，高高的清真寺尖塔掩映在参天大树中，自然而又祥和。

达里安镇清真寺

马尔马里斯港的游艇

港口雕塑

几十年前，马尔马里斯还只是一个静静的小渔村，随着20世纪80年代建筑业的蓬勃发展，马尔马里斯已被建设成为集古代遗址、传统渔村和度假胜地于一身的现代旅游城市。这个不到4万人的城市，在旅游旺季时居然有30万～40万人光临，当地为此十分自豪，认为夏季时土耳其沿岸没有任何一个港口可以与之匹敌！由于成功申请到了联合国确定的海龟保护栖息地，位于达里安镇中心的海龟铜像也就成了这里的标志和吉祥物。

马尔马里斯拥有两个主要码头和几个滨海散步通道。绕着港口被帆船和游艇层层包围的地方转一周，发现旁边的小镇奢侈品销售商店林立，各种餐厅销售着不同国家口味的菜肴。虽然邮轮每天24小时向游客提供着各种食物，但登陆后的餐饮也不可不尝。

云蒸霞蔚的印度洋

# 以基督宗教为主的地中海北岸

地中海作为世界文明的发源地之一，孕育了两河流域－尼罗河流域的巴比伦和埃及文化。虽然地中海东岸的中近东国家土耳其、叙利亚、埃及等，南岸的北非国家利比亚、突尼斯、阿尔及利亚、摩洛哥和毛里塔尼亚等都信仰伊斯兰教，但是当这艘意大利籍的邮轮从苏伊士运河进入地中海以后，除了替代埃及的行程——土耳其马尔马里斯，其他停靠的港口几乎都属于北岸信仰基督宗教的国家，包括意大利、法国、希腊、西班牙、葡萄牙，这当然与罗马人在地中海沿岸和其他陆地板块的长期霸权有关，政权和宗教相互交融影响至今。

## 城堡·奇维塔维基亚

我们乘坐的是意大利籍邮轮，船方自然想把游客带到自己的首都罗马，而奇维塔维基亚港是地中海离罗马最近的港口，向东北仅80公里便是曾经将地球陆地几乎半壁河山尽收麾下达800多年之久的中心罗马城。

此行我选择了位于奇维塔维基亚港口与罗

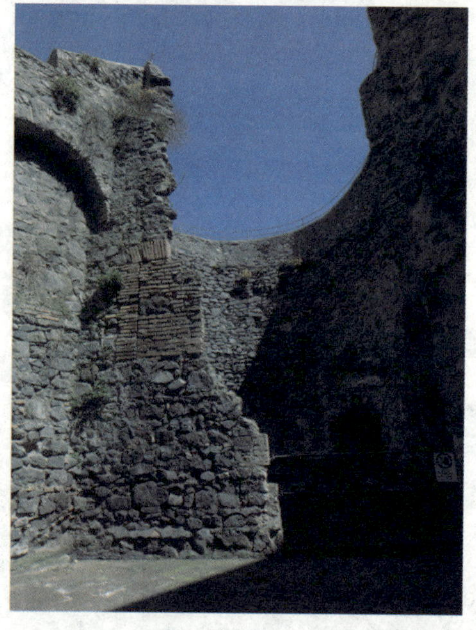

从城堡顶部远观布拉恰诺湖

城堡里写着历史

马城之间的中世纪城堡。我曾两次到过罗马，游历了那里竞技场、博物馆、广场还有不同风格的教堂、会堂和庙宇。同时也两次造访了罗马城西北方高地的内陆城邦国家、天主教的世界中心梵蒂冈，夕照下圣彼得大教堂广场喷水池前翻飞起落的鸽群，曾引发过我绵延不尽的思索和联想，并留下不少影像和文字记录。

罗马的郊区没有让我失望，仅从旅行车窗对沿途的乡村风味进行走马观花式的浏览，便已让人心旷神怡，并不由得让我想起了一个别号“日不落帝国”的乡村情调。2014年，我曾经在那个岛国的东南、西南、西北角的乡村和湖区转悠了几个月，看到了也曾统御过大半个地球的帝国在被新的大国取代了维持地球秩序者的地位以后，人们是如何安然地生活在地球一角的。罗马的乡村也弥漫着类似的气氛，不同的是，生长在田野里的比萨草使这里的空气有一种独特的气味。

离开港口半个小时就到了城堡。这个地方因为集中世纪古堡和浪漫湖水为一体，世外桃

城堡里的灯具

城堡内景

源般存在着，因此被称为罗马的后花园。

位于罗马西北32公里的布拉恰诺湖（Lago di Bracciano），是一个由火山口形成的圆形湖泊，为意大利八大湖泊之一，多少世纪以来一直是罗马的饮水水源。

湖旁的奥提斯卡其城堡是15世纪后期由奥尔西尼家族建造的，为迄今保存最完好的中世纪私人城堡。据网络记载："公元1066年，教宗亚历山大二世将手中代表奥尔维耶托的剑赐予了奥尔西尼家族的族长扎克珀，因为4年前还只是一名落魄骑士的他，在保卫教廷与神罗部队的曼图亚之战中杀死神罗主帅伦巴第公爵阿尔伯特埃佐，助亚历山大二世成为新教宗。为奖励扎克珀的功绩，教皇亲自任命他为军事总管并授予他一块伯爵的领地。这是教廷有史以来第一个册封的直属世俗领主。"城堡内陈列的各种武器和关于亚历山大五世曾在这里居住过的记载，都在佐证着这段光荣的历史。

登上这座具有军事和民用双重功能的城堡最高点，观赏由火山口形成的圆形的布拉恰诺

停泊在马赛港口的邮轮

马赛火车站

湖，湖边已有几百年树龄的古柏树以及中世纪宏伟的古堡，无疑是一种极致的享受。也难怪在网上搜索最佳婚礼举办地时，便会看到这个地方。这里曾有多个富豪名流举办过婚礼，包括2006年汤姆·克鲁斯的世纪婚礼，一级方程式赛车手，亿万富豪伯尼·埃克莱斯顿女儿的婚礼，而我喜欢的男高音歌唱家安德烈·波伽利居然分别在这两个婚礼上高歌。

## 马赛·普罗旺斯

马赛，法国国歌《马赛曲》的诞生地。1792年4月24日，由业余音乐作者鲁日·德·李尔创作于斯特拉斯堡，最初的名字叫作《莱茵军战歌》。当时正值法国同奥地利交战，法国士兵在《马赛曲》的鼓舞下十分英勇，因此被赞为具有大炮一样威力的音乐。1792年法国大革命期间，马赛的义勇军曾高唱着它挺进巴黎，于是巴黎人便称这首歌为《马赛赞歌》，后来又把它称为《马赛曲》。1795年7月14日，它成为法国国歌。2014年，我妹妹在这里参加中

逆光中的伊夫城堡

华小姐欧洲区决赛，作为助选亲友团成员的我，曾在这里的音乐厅见证了网络人气第一和赛区季军的诞生，同时也对这首曲子有了更深的认识。

大仲马的小说《基督山伯爵》中，伯爵被关押的地方便是马赛伊夫岛上的伊夫城( Chateau D’ If）。这是关押政治犯的监狱，据说游客一手拿着小说，一边沿着书中描写的道路探寻，会别有一番情趣。从马赛可乘渡轮 20 分钟到达伊夫岛，可最后一班渡轮是下午 3 点，那时我应该回到邮轮上了。我只能站在这个城市的最高处——贾尔德圣母院，遗憾地朝着伊夫岛方向隔海而望：在炫目的阳光照耀下，彩色的帆影点点。

圣母院正在做弥撒。因为是周六，坐满了虔诚的信众，置身其间会被强大的气场感染，只是不能装在镜头里。圣母院里有许多祈祷航海平安的模型船，墙体上还残留着“二战”时德军对抗英美联军而留下的累累弹痕。从这里俯瞰马赛全城和眺望地中海风景的角度极佳。

贾尔德圣母院

晚霞中的贾尔德圣母院

艾克斯古城的国王雕塑

艾克斯古城街角

在马赛中心区旧港的摩天轮下喝一杯咖啡，听当地人讲述希腊人曾从这个港口登陆的历史，十分惬意。旧港不旧，“二战”后才重建，港湾泊满小渔船和小艇，让人感受到主导着这里的海洋气氛。

马赛是多种族混居的地方，既有来自地中海沿岸和欧洲地区的，也有来自非洲的。近25% 的马赛人口为北非血统，其中大多为阿尔及利亚人和突尼斯人。人口统计学家估计，在不久的将来，马赛将成为欧洲第一个穆斯林人口占多数的城市。它的犹太人社区规模在欧洲排第三位。

离马赛不远的普罗旺斯古城艾克斯，尽管不像这个地区其他地方因薰衣草而那么有名，却也有人说这里是普罗旺斯最好的地方。这是一座极具文化气息的城市，不仅有老艾克斯博物馆、历史博物馆、挂毯博物馆、陶器博物馆、展出欧洲绘画和雕塑的格拉内博物馆，也有众多的教育和研究机构，是一座知名的大学城和重要的教育中心。市政厅，警察局还在使用着

仍在建设中的圣家堂

教堂外墙

圣家堂外墙局部

古老的建筑。遗憾的是，带路的司机因忙于夸耀古城的国王而错过了时间，转了一圈也没有找到画家塞尚的故居。我们的邮轮在这个港口停留的时间是所有登陆地中最短的，只有 6 个小时。

## 巴塞罗那·高迪

不去朝圣高迪，等于你没来过巴塞罗那！圣家堂更是必到之处。

仅个人设计作品就有 17 项被西班牙列为国家级文物，7 项被联合国教科文组织列为世界文化遗产，而且离世的方式和情景又那么特别，我几乎认为西班牙建筑大师安东尼奥·高迪就是外星人或者上帝派到凡间的代表，至少也是巴塞罗那建筑学校的校长在他毕业时感叹的那样："真不知道我把毕业证书发给了一位天才还是一个疯子！"他的毕生代表作圣家堂，仿佛要证明天堂本该就是明亮的光体，一改教堂寺庙和清真寺的内部光照不足，做到了内部明亮、多彩、繁复、美轮美奂，并且都来源于自然光。

圣家堂内景

不过，现在看到的圣家堂只是设计的一部分，竣工无期，因为总体设计需要按照耶稣的12个门徒逐一建塔，现在看到的4座就已经施工建设了133年。

圣家堂如此，由高迪设计的坐落在巴塞罗那市格拉西亚大道上的民宅米拉之家也如此，进入其中恍如置身于外星球或者未来世界的宇宙飞船中。

3艘歌诗达公司的邮轮同时停靠在码头，这里不愧为地中海第1、世界第4的邮轮港口。带领参观圣家堂的西班牙美女西迪亚，中文名叫孔思谊，曾在上海世博会期间服务于他们国家的展馆。她说，巴塞罗那于2000多年前由古罗马人在这里建城，19世纪便成为西班牙最工业化的城市，其中纺织业尤为发达。1854年这里还有城墙，墙外扩建只有100多年的历史，高迪就在那个时代应运而生。这里西靠犹太人山，东临地中海，北边巴索斯河流水潺潺。通过举办1992奥运会，1888年和1929年两次举办世

米拉之家

博会等国际性活动，城市得以迅速发展。为了纪念 1888 年世博会而建的凯旋门，至今还耸立在海岸边簇拥的树林中，3 万多华人就聚居在附近，他们从主要经营服装转为主要经营酒吧，中国工商银行在这里设有营业点专门为之服务。

在巴塞罗那之行中，还有一个值得记录的地方，那就是高 60 米的哥伦布纪念塔。此塔是为 1492 年哥伦布第一次从美洲探险凯旋归来时，女王在此等候开疆拓土的英雄而建。由此可见，巴塞罗那是第一个听到哥伦布正式宣布发现新大陆和描绘那个奇异新世界的地方。纪念塔上的哥伦布凝神远望，右臂指向前方的海洋，似乎不愿意在陆地上待得太久。而我却可能是因为在海上航行的时间太长，需要在陆地上行走的踏实感觉，一直在纪念碑旁属于古城区的兰布拉斯风情街上流连。

## 美国之海岸城市

在整个86天的行程中，环球邮轮给这个只有200多年历史的国家分配的时间最多，从到达东岸纽约到离开西岸旧金山，用了整整1个月的时间，登陆了4个城市。

为了给予公民充分自由地选择宗教信仰的权利，美国宪法第一修正案明确禁止建立国教。这反倒使之成为宗教大国。在美国本土有30多万个基督教教堂、犹太教会堂、清真寺以及其他宗教活动场所供众多宗教人士使用。虽然基督教并不起源于美洲大陆，但毫无疑问已经在这里占有了绝对优势，基督教文化也演变成了美国的主流文化，其影响之大，只有走进这些城市才能感受到。

## 纽约

我们第一次登上这块大陆，了解这个城市的方式也简单便捷：坐在双层巴士车上游览市容，乘船游曼哈顿岛，步行夜游第五大道。

在看了森林般钢筋混凝土建筑转角处的教堂、中央花园的春色和全球最大的相机超市后，自然要去改变美国人观念的痛心之地。记不起纪念馆的英文单词，也不知道哪一个街角打车方便，只向街边胖胖的黑人女警察说了“9·11”，她便明白了我的意思，帮我拦下一辆出租车，还交代司机要与另一辆有我同伴乘坐的出租车同行。

排队一刻钟，便进入了地下纪念馆，里面陈列着融化的钢筋、扭曲的混凝土台阶、毁坏的消防车。那些离去的人们的名字，也像夏威夷珍珠港纪念馆里的一样，刻在墙上，不同的是，这些都是和平时期的平民。在这里，我又一次忧伤于生命的脆弱。原址上有两个用黑色花岗石铺就的大坑，上面同样刻着亡者姓名。围着转一周，在大坑的边沿不时看见黄色的玫瑰和星条旗插在上面，应该是亡者的亲属来此凭吊时留下的吧。

正在改建中的纽约中央车站就在纪念馆旁边，是世界上十大最美火车站之一。上空有直升机巡逻，时而长时间停留在一个点上，透过车站的钢架望去，像一幅空间错位的画。

轻纱漫卷下的曼哈顿岛

连接曼哈顿与布鲁克林的曼哈顿大桥

在“9·11”纪念馆上空巡逻的直升机

“9·11”纪念馆的逝者肖像挂毯

## 洛杉矶转道拉斯维加斯

按照邮轮的既定行程，登陆洛杉矶后我们便驱车前往拉斯维加斯。汽车沿着15号公路往东北经过巴斯托进入圆石市，路旁有传说中的外星人着陆的地点，至今寸草不生，而一直留在视线里的则是沙漠戈壁上高大的植物。

这天我们在拉斯维加斯住了下来，是整个环球行程中唯一一次在陆地上住宿。拉斯维加斯，这个沙漠中建设起来的城市，中央大道两旁林立的酒店在夜晚分外妖娆，微型埃菲尔铁塔、摩天轮、喷泉，甚至还有举火炬的女神，各种奇特造型吸引着来自世界各地的游客、赌客。当然，不会错过太阳马戏团的卡秀，科技与演艺的结合展现着让全世界都为之倾倒的水准。

第二天一大早，我们便赶往机场，分乘8架直升机从米德湖边缘掠过，40多分钟后到达科罗拉多大峡谷一个叫作蜜桃泉的地方。大峡谷边沿多样的地貌和千变万化的低空云层，着实让人一饱眼福。当8架直升机同时降落到谷底，机长便拿出香槟和点心与大家共享。大家分别

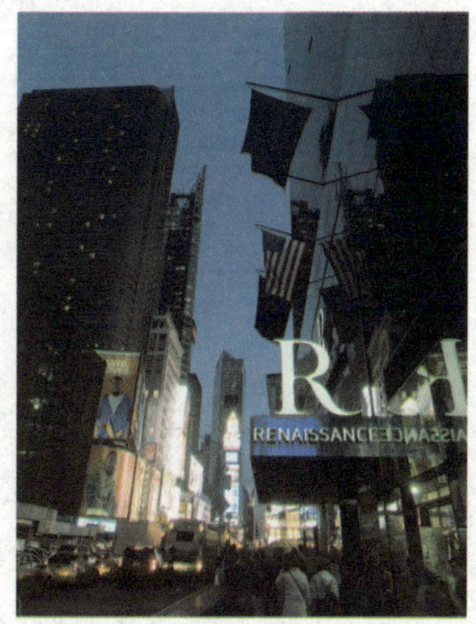


夜晚的自由女神

在邮轮上看到的都市

华尔街之夜

夜游第五大道

围坐在几间通透的木棚里，一边享受着这惬意的时刻，一边往峡谷上方眺望。峡谷崖壁上不同形状的红褐色岩石，记录了沧海桑田的历史变迁，这让我对远古洪荒时期这里的景象有了联想，并揣摸着人类在不同历史阶段是以什么方式来到这里的。河边，体型硕大的黑渡鸦前来觅食，一副很有经验的样子。渡鸦在此地甚至包括欧洲，都被视为吉祥的神鸟，这一点与我们的定位完全相反。

回到洛杉矶时，已是黄昏，离邮轮起航时间很近了。这座天使之城，互联网的发祥地，两次夏季奥运会举办地，21世纪世界文化之都，只待今后续缘了。

## 旧金山

金门大桥雄峙于金门海峡之上，邮轮到达和离开都要从桥下经过。这是近代桥梁工程的一项奇迹，塔的顶端用两根直径92.7厘米、重2.45万吨的钢缆相连，钢缆的中间部分下垂得几乎接近桥身，有多根细钢绳连接钢缆和桥身，并完

拉斯维加斯酒店前的喷泉

美高梅的夜晚

西部公路旁的孤灯寒鸦

路边的针叶植物

全凭借钢缆的巨大拉力将桥身高悬在半空之中。钢塔之间的大桥跨度达 1280 米，为世界大桥中罕见的单孔长跨距大吊桥之一。从海面到桥中心部的高度约 60 米，即使涨潮，大型船只也能畅行无阻。当然，这里也成了自杀圣地，至少有 1400 人在这里选择了与上帝见面，当地政府只好加强防护措施。我坐在双层巴士的顶层从桥上走了一个来回，风大得眼睛都难以睁开。

这座城市除了以桥著称于世，还与运河紧密相关。1915 年，为纪念上一年巴拿马运河竣工首航所举办的“巴拿马太平洋万国博览会”主会场就在这里，电影《星球大战 I》的几个主要场景便取自于博览会五大展馆留下的艺术宫。我站在艺术宫的圆形穹顶下时，太阳的光芒正好穿过柱子落在中央，往顶上看去，不得不感叹导演乔治·卢卡斯的确是用非常人的视角缔造了他的星际奇幻景象。

旧金山湾呈南北链型，周围分布着多个独立的城市，其中以半岛的旧金山、东湾的奥克兰以及南湾的圣荷西为主。湾内有 4 个主要岛

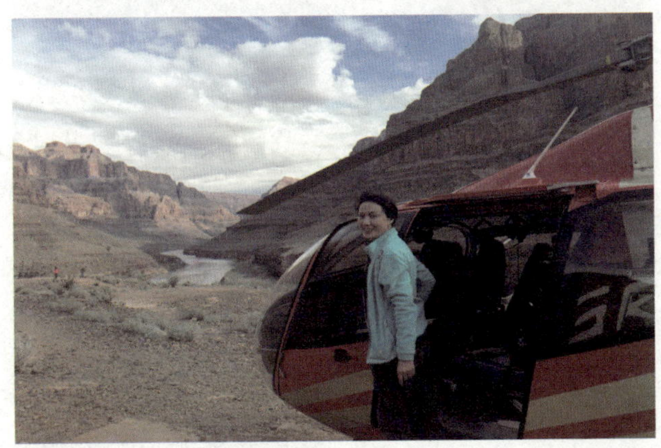

在科罗拉多大峡谷雨层云中飞行的直升机

穿行在大峡谷的河流

乘直升机来到科罗拉多大峡谷

屿；天使岛为一个州立公园；阿拉米达是一个城市；金银岛原是一个军事基地，现已转为民用；阿尔卡特拉斯岛设有一个20世纪专门关押最恶劣罪犯的监狱，号称无人能从这里脱逃，因为它四面环水，水温又极低，而且有白鲨出没。进出金门大桥，首先看到的就是这个著名的恶魔岛，以此为原型的电影《逃出恶魔岛》更是深深吸引了包括中国在内的世界观众，电影《肖申克的救赎》也对该岛有所借鉴，当地还有电视台曾经专门开播一个叫作《流浪终极者》的栏目来讨论越狱能否成功的种种假设，尤其是电影《勇闯夺命岛》上映后，这里的年游客量达到了百万人次以上。

我们是在黄昏时分从旧金山的渔人码头离开美洲大陆的。旧金山港是世界上三大天然良港之一，港区热闹非凡。其中的渔人码头虽然不是美国的首创，但是这个码头却规模庞大，内容丰富。在渔人码头一边吃着著名的大螃蟹，一边看着海狮保护地成群的海狮重叠着笨笨的身体晒太阳，是件很有情趣的事情。

金门大桥

路过旧金山湾

海上黄昏

渔人码头上的海狮乐园

风情各异的港口
N
E

# 头顿·最接近自然的港口

港口由水域和陆域组成，水域通常包括进港航道、锚泊地和港池，陆域则指港口供货物装卸、堆存、转运和旅客集散之用的陆地面积。大航海以后发展起来的各国港口，都为所在国家和地区的文化交流、经济繁荣、战略布防起到了不可替代的作用。在全球化的今天，港口建设已经进入全息、绿色、协同竞争和供应链物流一体的时代，其作用将会更加突出。

我们这次为期 86 天的环球之旅，全程共登陆 28 个港口，其中许多地方令人印象深刻。

世界第九、亚洲第七长的河流湄公河（Mekong River）发源于中国青海省玉树藏族自治州杂多县的澜沧江，流经中国云南省、老挝、缅甸、泰国、柬埔寨，在越南南部港口头顿进入南海。2014 年的青海可可西里之行，我曾经在澜沧江发源地期待在远在 4908 公里外的这个入海口留下脚印，今天我来了。

这座位于湄公河和西贡河入海处的城市，是海上进出胡志明市的通道。这里过去只是一

日出时头顿港一池金黄

头顿港的红树林

个小渔村，在法国殖民时期发展为度假地。因此，越南除了约一半人信仰佛教外，还有30%的人信仰天主教。地陪阿丽介绍，他们还有自己的宗教高台教，供奉他们自己认定的神：关羽、耶稣、毛泽东，另外还有椰子、蒜头……唯独没有胡志明。在头顿市，既有最高处的耶稣塑像，也有半山上的佛寺和中国的妈祖庙，以及供奉着鲸鱼骨骼的寺庙。

我们到达港口时正值日出。近处河面上，来来往往的渔船泛起层层涟漪，一波连着一波。河道旁是红树林保护区Can Gio，从邮轮的阳台望去，有云朵点缀在树梢上，成片的树林在太阳映照下伸向看不见的远方。在一片与另一片树林的连接处偶尔有居家小船停泊，静静的，一动不动。这是邮轮出发以来停靠的第二个港口，当时我并没有意识到这片红树林的珍贵难得。在结束了所有行程后，回忆中才觉得这片最美的原生态树林在与当地人的密切相处中居然能被保护得如此之好，实属不易。而且我查遍网上资料，发现这里几乎没被人提及，说明

天主教堂的胡志明市地标

天后庙顶部的瓷雕

庙宇外墙

这里还是个少有人打扰的清静之地。我后来在墨西哥也见到过一片红树林，但规模远远不能与之相比，并且也不在交通便利的港口旁。

连接头顿与胡志明市的是越南唯一一条不到100公里的收费高速公路。到达胡志明市后，我用了半天时间在这座摩托车之城流连。市政大厅旁边，殖民时期留下的红教堂成为这里的地标。另外，咖啡文化也在那个时期被浸染：用100度的水慢慢滴滤，满杯后温度正好——与英式的80度水冲泡有些微差别。

无论走到地球的哪一隅，华人总会聚集在一起，并根据不同的地域和处境选择不同的信仰以安顿自己的身心。越南有50万华人集中居住在胡志明市，他们信奉天后，供奉船模，以保佑远航逃难中的人们。有290年历史的天后庙坐落在胡志明市的第五区。这个庙宇由广东会馆发展而来，建筑原木仍然完好，陶瓷屋面装饰精致独特，只是敌不过岁月的侵蚀，雕刻开始风化。

# 里斯本·城市中的港口

第一次来到葡萄牙首都里斯本。这个自称为宽容之城，也是欧洲人认为在欧洲范围内最美的城市，其魅力完全出乎我的意料，让我当即就有了再次造访的计划。

里斯本港口就在城市中心的附近，上岸就是街道，淡蓝色墙体的火车站也在港口旁边。一踏上这片土地，就让我想起大航海时代在教皇主持下，葡萄牙和西班牙签订的《托尔德西里亚斯条约》。这个旨在瓜分新世界的协议，规定两国将共同垄断欧洲之外的世界，使西班牙在西半球，葡萄牙在巴西、非洲及远东地区拥有的极大影响力，由此带给自己的国家以财富和荣耀。如果没有从15世纪到17世纪在海洋上的扩张和不断发现新大陆，巴塞罗那的圣家堂也该是另一番景象吧，里斯本的辛特拉宫便是又一个见证。

辛特拉是被联合国教科文组织列入《世界遗产名录》的里斯本北郊的一座小镇。公元14世纪时，这里还只是约翰一世建造的夏宫，后经多次增建，不仅形成了一个小镇规模，其文

化景观也成了外来文化占领特定地区的独特范例。摩尔人式、哥特式、穆迪扎尔式、曼纽尔式、巴洛克式和意大利式等风格的建筑在这里应有尽有，令人眼花缭乱。多元文化兼收并蓄而且又能和谐统一，这需要多么强大的精神基础！

大航海时代的葡萄牙英雄麦哲伦，自然也在海岸线上被树碑立传。1520 年 10 月，麦哲伦穿过美洲南段与火地岛之间的海峡进入太平洋，这个海峡因此被命名为“麦哲伦海峡”。2013 年 11 月，我在穿过这个海峡从南极半岛回到火地岛时，就曾感叹于他的冒险精神和英勇行为。

在海岸线上还有一座贝伦塔，是里斯本海岸边的两座名塔之一，已被联合国教科文组织

里斯本四月二十五号大桥

列入《世界遗产名录》。此塔不仅是大航海时代海盗式冒险航海的见证，也是葡萄牙地理大发现的起点。其外形像一座碉堡，全都用大理石建造，是里斯本无数纪念碑中最华丽、最优雅的建筑。所以说，这其实就是一座有着近500年历史的古城堡，是葡萄牙有名的地标，也是里斯本的象征，它见证了里斯本昔日曾经有过的辉煌。历史上曾被用作海关、电报站，甚至是灯塔，也曾将贮藏室改造成地牢作为监狱。

遗憾的是，此行不能去距离里斯本100多公里的法蒂玛镇了，我很想拜访一下小镇上那个因一段离奇的宗教故事而建起来的著名的教堂。

耸立在大西洋岸边的贝伦塔 | 辛特拉宫的灯饰

花园里的瓷器走廊 | 辛特拉宫

广场旁不同语言的艺术墙 | 辛特拉宫中的斐波拉契曲线

# 迈阿密·全球最大的邮轮港口

日出时分，邮轮登陆迈阿密。这是世上最大的邮轮港，每年进出旅客超过 1800 万人；也是美国最繁忙的货运港之一，每年进出口货物近 1000 万吨。

我们一下邮轮便坐上独特的喷气船去了佛罗里达大沼泽。这是佛罗里达地区独有的亚热带克拉莎草沼泽，长约 80 公里，深度不到一尺。喷气船的声音太大，鸟儿早被惊飞，但在沼泽地里寻找鳄鱼的过程却相当刺激。这里的海岸上也有一个红树林地带，只是时间紧没去成。

游港口时我们换乘了游艇。这段行程用了一个半小时，港口之大，果然名不虚传。除了高高的桁架把最大港口的位置凸显出来外，转过一个海湾处，沿海岸还有连片的别墅，世界上各种装修风格显示了别墅主人的国籍、审美水平和财富积累。作为美国本土最温暖的城市，又是世界上最能侥幸避开飓风的地方，全球的富豪们自然要选择这里购置物业和消闲度假了。

迈阿密的公共交通发达，除了当地现代化的 Metro Bus 和 Metro Rail 城市快运系统，还与

夜幕下的迈阿密港

美铁 (Amtrak) 的大西洋沿岸铁路系统相连，并有 Tri-Rail 通勤铁路系统连接南佛罗里达都市区内的主要城市和机场，还有 5 条主要洲际公路和几条主要公路联通，包括 I-95、I-75、I-195、I-395、I-595、US-1 和佛罗里达州公路。

为了在短时间内尽可能多地了解这座城市，我们选择了红线和蓝线两条路线的双层巴士车作为游览工具。大约 2 小时后，我们赶往充满喜感的迈阿密海滩，坐公交车到最热闹的路段再到海滩，看到满街俊男美女一身清凉打扮，也是一道风景。

我们在小哈瓦那街区繁华的路边餐厅用晚餐时，已是华灯初放。这是一家古巴人开的餐厅，我们在路旁的座位上一边看行人来往，一边享用着正宗的古巴菜，一行 3 人不知不觉便吃完了 4 个主菜，其中奶油大虾的香味令人难忘。

迈阿密是以西班牙和加勒比海移民为主的城市，居住着大量合法或非法的欧洲人和非洲人。这里有美国最大的芬兰、法国和南非移民社区，也是美国拥有最大的以色列、俄罗斯、

停泊在港口的邮轮

大沼泽

在沼泽中悠然爬行的小鳄鱼

土耳其移民社区的城市之一，印第安人也可以在划定的区域内开设赌场。这里更是美国唯一可以不说英语，允许用西班牙语作为官方语言的城市，并有专门的西班牙族裔生活的区域。遗憾的是这里没有中国城。纵观世界各地的中国城，其形成都有一个漫长的过程，在这里缺席该是一种双向选择的结果吧。

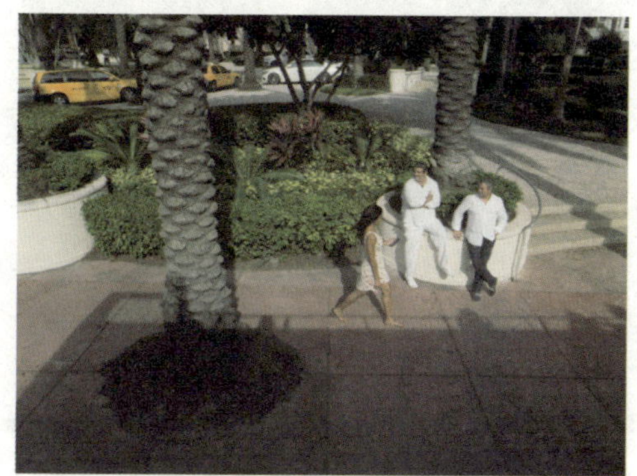

迈阿密海滩是这样发布信息的 | 虚与实的背影

看人，也被人看 | 在椰林遛狗

充满喜感的沙滩 | 阳光下的美女俊男

## 曼萨尼略·最热情的港口

歌诗达公司的邮轮还是首次登陆这个墨西哥西部最重要的港口。可能正是这一原因，我们一到地面便受到热情的欢迎：纯美洲风味的舞者分成几队同时起舞，人群还举着用中文书写的欢迎标语。这阵势在我们所有登陆过的港口还未曾有过。

曼萨尼略的官方语言为西班牙语，可见历史上西班牙人在这里留下的印记有多深。这个被称为冒险家的乐园的港口城市，让人联想起加勒比海传统海盗的样子：喝着龙舌兰酒，晒着太阳；唱着歌，跳着舞，时不时到海上捞一票。

龙舌兰酒是墨西哥的国酒，被称为墨西哥的灵魂。既然如此，那龙舌兰种植庄园便是必去之地了。在庄园外看到长在空地上的龙舌兰有点像剑麻，有点出乎我的意料。但随着出身龙舌兰种植世家的帅哥用扛在肩上的锋利工具切开龙舌兰植物的根茎，扑鼻而来的清香让我明白这种饮品为什么如此独特了。将根茎切成块，碾压取汁，蒸馏，然后出酒。出酒后桶藏的时间越长，酒精度越高。藏酒两年以下的味

港口标志性的旗鱼雕塑 | 龙舌兰酒庄园留影
港口喷泉雕塑 | 散发着清香的龙舌兰根茎
港口民居 | 品酒时表演的墨西哥传统歌舞
港口旁的商场 | 曼萨尼略女子

略辣；而两年之后，无论酒的香气还是醇味都与刚才切开龙舌兰植物根茎时闻到的更接近了。我们以当地的小吃佐酒，一边观看当地人的文艺表演，十分享受，只是一行10人中只有我吃得一点不剩。

旗鱼是曼萨尼略的特产，因此这个地方也被称为“旗鱼的资本世界”，不仅是钓旗鱼的首选地，也常有国家级和世界级钓鱼比赛在这里举行。我在港口巨大的蓝色旗鱼雕塑旁漫步徜徉，无虑地享受着这里的景色：水母在岸边、邮轮旁一张一合地移动，条形花纹和斑点花纹的游鱼穿梭其间却互不干扰；教堂前的喷泉池中，纯黑色的小鸟在戏水降温；街口亭子的顶上，鸽群飞舞；周围不高的山峦层层叠叠，半山中彩色的房屋错落有致；沙滩从山脚下直接铺向大海……

要登船了，现场乐队早早就等候在临时的遮阳棚下。当地市长在港口举行隆重的欢送仪式，并向船长和副船长赠送了礼物——龙舌兰酒。为了营造现场氛围，现场还摆放了酿酒原

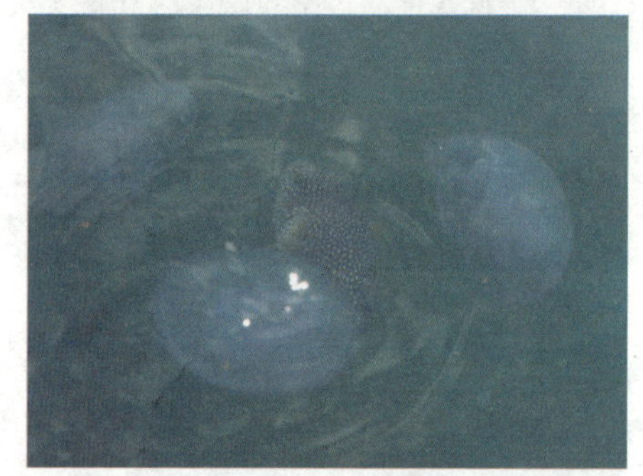

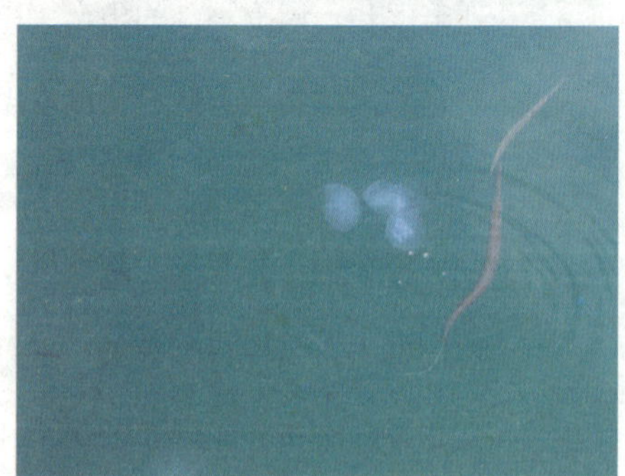

街角花园里

喷水花是海上的最高礼仪

船长在离别前与市长和乐队成员合影

邮轮旁的水母

水母与石斑鱼

水生物就是这样勾画点和线的

料龙舌兰块茎，这使我仿佛又闻到了那扑鼻的清香，于是庆幸自己刚才在商场挑了一瓶最贵的龙舌兰酒带上船。对酒类、刀具类的东西，船方会一直保管至终点，然后交给离船的游客。但是行李的重量不限，这也是邮轮的方便之一。

用喷水船在港口迎送，是海上的最高礼仪。尽管我们的邮轮在女神像前也受到过纽约高规格的喷水船迎接，但无论是位置还是时间都比不上这里。在纽约，我们只是在进入港口的路上看见有欢迎的喷水船而已。可在曼萨尼略，喷水船却一直在我们登上邮轮的门口欢送，直到邮轮驶离港口。

## 奥乔里奥斯·最让人期待的港口

世上的饮品中，至少有3种是讲究年份和出产地域的：咖啡、葡萄酒和茶叶。

邮轮上我最喜欢的地方就是位于甲板3层的弗洛里安咖啡馆，它在装修风格上还原了威尼斯圣马可广场的同名咖啡馆，让我倍感亲切。记得最后一次去威尼斯圣马可广场上的弗洛里安咖啡馆还是2013年，我和女儿坐在那家世上最古老的咖啡馆外的街沿上，一边喝着冰咖啡，一边着迷于鸽子在晚霞里展翼的样子。弗洛里安咖啡馆的招牌咖啡就是蓝山咖啡。不仅如此，在我到过的大部分咖啡馆的水单上，蓝山咖啡也总是排在第一位的，而我也总是不加糖、不加奶地喝一杯，咖啡油的醇香滞留齿间的感觉，让我在暖暖的充盈着幸福感的同时，也对其真正的产地蓝山充满了期待和向往。

牙买加的这个港口城市离蓝山很近，坐上吉普40分钟就到了原生态植被茂盛而葱郁的山顶。这里的海拔高度、降雨量、土地质量等咖啡树生长环境，均符合出产高品质咖啡的条件。但是，这个山顶上的咖啡庄园主在向我们这帮

星月下的奥乔里奥斯港

邮轮来的咖啡客介绍完他为之骄傲的咖啡豆以后，却说咖啡没有了，因为每年只产出300多箱原豆，早就被日本人订完了货。在集体失望后的强烈要求下，庄园主拿出了两打已经磨成粉的1公斤包装咖啡粉，算是让大家如了愿，并赠送果酒和新鲜超甜的水果表达歉意。在往返蓝山的路上，我们还见到了不少中国元素：援建了5年仍未完工的公路，正在施工中的路旁用中文做着标记，只是施工人员不多。一路上，我们只在桥洞下遇到过一次当地工人，看见中国人的车，他们便一直挥手致意，直到从视线里消失。

看来，蓝山之行的确让我们这些咖啡客意犹未尽，在浏览著名的邓恩瀑布时，看到路旁有咖啡店，便集体放弃了徒步瀑布和支起脚架慢门流水的计划，先坐下来喝一杯，再把陈列在店里的咖啡瓜分一空。这还不够，在邮轮起航前仅有的一点时间内，大家还徒步去了港口附近最大的超市，选购了最新鲜最纯正的五星蓝山咖啡豆，并讨价还价要到了5个点的优惠。

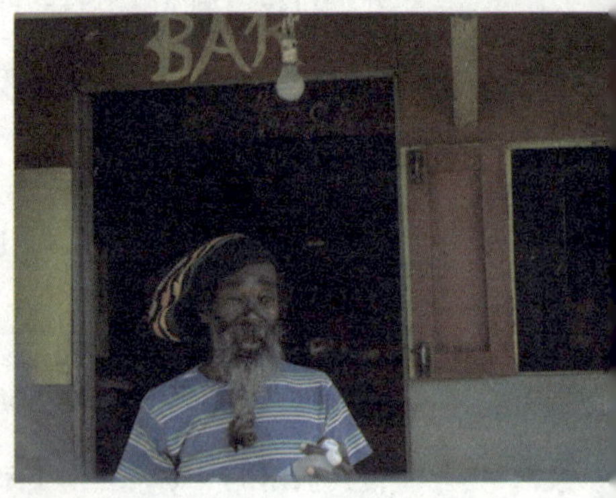

| | |
|---|---|
| 邮轮停靠在奥乔里奥斯港 | 奥乔里奥斯街道 |
| 花朵的前世今生 | 多彩的植物 |
| 徒步在邓恩瀑布 | 路旁开店的牙买加人 |

# 香港·最近的港口

香港维多利亚港口

世界上三大天然良港，是香港的维多利亚港、美国的旧金山港及巴西的里约热内卢港。邮轮此行停靠了其中两个。

维多利亚港是一个天然的深水海港。它形成于海平面比现在还要低的7000多年前，当时是太平山与九龙之间的一个山谷，后来随着海平面上升，原来的山谷被海水淹没，成为今日的海港。港口水域广阔，平均水深达12米，海底泥层也没有淤泥阻塞，可同时容纳50艘万吨级的大型远洋轮船。另外，港口东面的鲤鱼门和西面的汲水门较窄，加上受九龙半岛和香港岛的群山包围，形成了港口四面环山之势，使得强风在这里被山势所阻。港内设有多个或天然或人工港湾与避风塘，足以让船只在平日，甚至热带气旋来临时，免受风浪侵袭。此外，由于香港气候暖和，港口终年不结冰，船只可以在任何季节自由进出。各项条件叠加，香港维多利亚港因而成为著名的转口港。

正是这些原因，英国人预估此地有成为东亚地区优良港口的潜力，才从中国清政府手上

位于香港启德国际邮轮码头的港务大厅

夺走香港以发展其远东的海上贸易事业，香港的殖民地历史也随之开始。事实上，维多利亚港一直影响着香港的历史和文化，也主导着香港的经济和旅游业发展，是香港成为国际大都市的关键因素之一。

邮轮停泊在九龙国际邮轮码头，就在著名的维多利亚港湾里。从邮轮望去，港湾背面的山景被林立的高楼挡住，只露出云雾朦胧的山顶，水面上繁忙的船只在灰色的天地之间往来穿梭，像一副云遮雾罩的山水水墨画。

尽管始建于 1906 年的香港最著名的佛教圣地宝莲禅寺就坐落在大屿山顶，里面有一尊当今世界上最大的露天青铜大佛坐像，但我还是没去探访，而是选择了去迪士尼。

香港迪士尼是目前世上都市迪士尼乐园中最袖珍的一个，但仍然展示了影响几代人心灵的剧目，比如《灰姑娘》《美女与野兽》《雪姑七友》《爱丽丝梦游仙境》《小鹿斑比》《阿拉丁》《小鱼仙》《睡公主》《小飞象》《仙履奇缘》等。这些剧目所塑造的人物，比如白雪公主、皇后、爱丽丝、小飞象、灰姑娘、爱莉奥公主、黑巫婆、泰山、野兽、贝尔、阿拉丁、米奇等，在不同族群的神话传说中，通过光明与黑暗、邪恶与善良、公正与偏颇的对立，为成长中的青少年传递了人世间的多种情感。

动画本身经历了“文艺复兴”、黄金时代等几个发展阶段，现今的动漫无不受其影响。著名的华裔动画师黄齐耀的作品在其中的贡献不仅是技术和经营上的考量，还有他对自身文化背景的承载和传递，这些都能在这个袖珍乐园里见到。

每天下午都必定有一次迪士尼人物游行，由真人把动画人物活生生地演绎出来，掀起乐园当天的高潮。我想，这些传奇还将影响我们的后代，后代的后代。

香港迪士尼乐园

## 上海·回到起点

上海，出发、返回的城市。转了一圈又回到原点，似乎是在向我阐述“从哪里来，到哪里去”这个终极主题。

上海港位于长江三角洲前缘，依江临海，以上海市为依托、长江流域为后盾，经济腹地广阔，为国内三大港口之一，进出口货运量占国内总量的20%。作为世界著名港口，2013年上海港货物、集装箱吞吐量均位居世界第一。这个百年无冻的港口，对国内、国际经济贸易起着重要作用。

港口之于人类的意义，还在于它为个体人在地球上的自由流动提供了方便。

行游地球，解读世界，无不与自己的内心积淀有关，与所有的遇见有关，与遇见后的思索有关。回顾这一路的所见所闻，最令我难忘的感悟之一就是，同样在努力地创造现代精神与物质神话，但许多地方的人们却比我们多了自在、安宁和有序。每每遇到这种情况，我就会尝试着去思考，并不由得想起朱大可先生写的《华夏上古神系》。现在，我把其中一段文

上海吴淞口国际邮轮港

停泊在上海港口的“大西洋”号歌诗达邮轮

字抄录下来，作为本章的结尾。他说：

“自战国以来，历史学家从未停止过把神话改造成历史的努力，也未终止过清算神话和神祇的话语实践。以祖先祭拜置换神祇崇拜，以祭祖仪式置换祭神仪式，以中间价值置换终极信仰……神话是宗教的隐喻，华夏神话一旦丧失宗教根基，就只能成为失魂落魄的寄生虫，犹如飘浮在神殿废墟上的幽灵……现在，为迎合游客猎奇心理，制造诸如女娲遗骨之类的未经学术旁证的旅游目的地，把认知的谬见改造成为意识形态和商业的双料谋略。”

我的邮轮

# 移动的艺术城堡

我所乘坐的“大西洋”号邮轮是歌诗达邮轮公司26艘邮轮之一。这个欧洲最大的意大利邮轮公司从2006年开始在中国市场拓展，9年多来完成了针对中国游客的600多个航次，400万海里行程，为其所隶属的嘉年华公司在亚太区开辟了重要的市场。为满足中国游客体验海上丝绸之路的需求，邮轮公司在设计时充分考虑了中国政府的“一带一路”战略构思，几乎将一个完整版的海上丝绸之路纳入进这次环球行程的线路中。

首个从中国（大陆）出发的邮轮环游地球，可以说是一个历史性事件，标志着中国邮轮业已进入环球时代，尽管不是中国籍的邮轮。这个历史性事件也被邮轮到达国的各大媒体直播和报道：《快看那正在环游地球的邮轮》《88岁老人环球追梦之旅》《一岁孩子观世界与世界观》……不仅如此，我们的邮轮在到达纽约、罗马、巴塞罗那等国际都市时，都受到了邮轮业的最高礼遇：喷水船在港口喷着水花欢迎。很庆幸我能够成为这个历史性事件的体验者和

邮轮大堂

见证者之一。现在，世界上各大邮轮公司都有在中国拓展市场的打算：2015 年 6 月，全球最大邮轮品牌皇家加勒比最大最新的邮轮“海洋量子”号将投放中国，并以上海做母港；2016 年，5 艘世界顶级豪华邮轮将齐聚中国。新的邮轮黄金时代是否在亚太区形成，以区别于泰坦尼克时期横跨大西洋航线的上一个黄金时代，尚待时间检验。

我们乘坐的歌诗达公司“大西洋”号邮轮，长 292 米，宽 32 米，16 层，客房 1105 间，总重量 8 万多吨。对于要通过苏伊士和巴拿马运河的游轮来说，这个重量和尺寸刚刚合适。

这艘意大利籍的豪华邮轮，美食中当然不缺意餐，但是最为彰显意式风情的，还是这艘可以称为“艺术之船”内部那些精妙绝伦的意大利设计和弥漫着艺术气息的装饰装潢。设计和建造均本着将艺术带入旅行和海洋的理念进行，用当代电影之父费德里柯·费里尼的作品为母本，混合了梦境和巴洛克艺术，又把梦境

通往3楼的台阶

餐厅里的水晶玻璃装饰

船舷上的酒吧座位

与现实结合。甚至各层甲板都以费德里科·费里尼的电影命名，比如“月亮之声”“访谈录”“甜蜜生活”“八部半”等等，我住的第5层被命名为“小丑”。由于整条船的墙体上都巧妙地运用了来自威尼斯Murano的手工玻璃吹制品，以及精致壁画和电影海报，所以这艘船又被冠以“海上威尼斯”的美称。从第2层一直到第12层的中央大厅是灯光闪烁的大天井，观光电梯在其中上下移动，流光溢彩的线条充满了迷离的动感。这里自然成了游客的集散中心，意大利语演唱教学也在这里进行，另外就是每天固定时间还有钢琴师在大厅中央弹奏各种风格的旋律，围着中央舞台的小酒吧座椅上总会出现琴师仰慕者的身影。

3楼中部公共场所作为邮轮的娱乐休闲区，功能多样，桌球室、互联网吧、图书馆，影像馆、邮局、教堂、歌舞厅、钢琴吧、电子游戏厅、赌场等提供了多样的服务。不论是在海洋上航行时消磨时间，还是作为从岸上回到邮轮的中转地，这里总是热闹地聚集着游客和船员，演绎着这段不短的海洋生活的诸多片段。

咖啡厅和酒吧则分布在2、3、9楼不同部位。3楼的弗洛里安（Florian）咖啡厅，是威尼斯圣马可广场上那家拥有300多年历史的Caffe Florian在全球的唯一海上分店。这里还原了陆地上咖啡馆的装修风格，红色丝绒布沙发、精致的手绘壁画将整个咖啡馆装修得美轮美奂，让我倍感亲切，是我80多天的行程中去得最多的公共区域。每天下午，这里还有两个西班牙籍钢琴师和小提琴手演奏不同曲风的音乐。这里也是意大利语教学的地方，我间或参加了20多个课时的学习，并在带上船的小笔记本上记录了这个短暂而又值得记忆的语言交流过程。

船头有个精致的小教堂，风格也与邮轮其他地方一致，充满了艺术感。但很少有中国人去那里，对待宗教信仰的态度，大家似乎已经习惯了陆地上的现状。可我却喜欢在那里安静地小坐，直到意念中小教堂那色彩鲜艳的壁画在狭窄的空间里拓展出一个圣经描绘的无限时空。

蝴蝶夫人酒吧

在弗洛里安咖啡馆

邮轮上的教堂

邮轮生活

邮轮上有4个餐厅。9楼中部那个24小时开放的波切利海景自助餐厅，把面食和烧烤也纳入了其中，每天提供的食品种类、口味水准都跟国内四或五星级酒店的自助早餐差不多，但晚上9点才开放的意式薄饼点餐却美味非凡，几乎让我养成了每天这个时候都要进食的习惯。意式薄饼其实就是薄比萨，与美式比萨明显不同的是薄底饼用人工完成，而且不是搁置在铁板上端出来给客人。

我的晚餐几乎都是在2楼的提香餐厅吃的，通常是意式西餐和中餐搭配。正宗的红烧大排透露了中餐厨师长的上海人身份，龙虾大餐则每次都会跟赠送的香槟一起端来。在船上欢度中国传统元宵节时，餐厅还特别举办了正装晚宴。晚宴上，船长率领高管先绕餐厅一周向每一位客人致意，然后在大厅中央的一张圆桌旁坐下与大家共享晚宴，高管们的白色礼服与美女游客的晚装配合得恰到好处。用红豆汤圆作为元宵节的甜点，这给了我们中国游客不小的惊喜。我最管不住自己晚餐后的甜点欲望，仿

专为中国游客准备的龙形食雕

餐厅门口的复活节蛋酒　天鹅面包

佛是结束晚餐的一道必不可少的仪式，而邮轮上千变万化的甜点花样又几乎没有重复过。意大利甜点师的水准是可以创作冰雕的，而要冰雕技艺过关，则需要 6 年以上的积累。一个月以后，我才停止了每天晚餐后定要进食甜品的习惯。

10 楼的收费餐厅在用料和菜式上都比 2 楼的提香餐厅高个档次。这家餐厅最早只开放晚餐，后来也开放了午餐，并且添加了中式菜品。应该说，意大利人在服务上总是针对客人的需求不遗余力地进行改进。

从中国出发，就要有出发国的语言服务。邮轮方为了给中国游客提供最便利的服务，特别招募了许多中国籍服务员。而这些服务员当中，不少人也是因为可以一边工作、一边环游地球的目的而来的，毕竟，对于内陆占大部分国土面积的中国青年来说，这个诱惑实在是太大了。

3 楼的帕帕拉奇葡萄酒廊连着蝴蝶夫人酒吧，是大家都喜欢去的地方，在船上有了新认识的朋友，有时便聚在那里喝一杯聊天。而旁边的迪斯科舞厅又兼具了卡拉OK的功能，每次经过那里都听见有人在动情地歌唱。那里也是行程中经常发生故事的地方，比如意大利钢琴师与川妹子的浪漫邂逅。

9、10、11层甲板为运动区域，厨师的冰雕作品也在这里展示。这里有4个大小不等的海水游泳池，而冲淋、日光浴等设施却使用的是淡化后的海水。这里的乒乓球区是最受中国游客欢迎的休闲地之一。这里每天早上都有游客比画太极拳。大型集体游戏玩乐也在这里，中国大妈甚至在这里把广场舞跳到了意大利籍的豪华邮轮上。

11层的船尾有一个滑水旋梯在船位的甲板上高高耸立。这里有户外运动场：跑道、网球场、篮球场甚至迷你足球场等，不同部位都配有水吧，毛巾随时更换。这里也是每天拍日落的最佳地点，邮轮上的小道消息也在这里传播。

4楼和9楼各有一个健身房，喜欢健身的游客在这里配合全套的运动器材开展活动，其中

邮轮上的文艺表演

跑步机最受欢迎。可我却宁愿一早在邮轮的顶部一边运动、一边接受阳光白云的抚慰，而且还有专业教练教导易筋经的招式。

每天下午 5 点半开始的各种演出没有重复过。这个占了船头部分 3 个楼层的卢卡索剧院，可以容纳 1165 人的座位呈环形排列，我最喜欢坐在敞开式的控制台上边看歌舞、小歌剧、杂技、魔术表演。船长见面会、登陆地人文风景介绍，以及游客中的歌唱家、诗人、瑜伽导师都在这里展示自己，每次登陆出发的团队也在这里集合和分流。尽管剧院面积不小，灯光设计也完美地配合了台上的各种活动，还是常在中途看到一些老人闭上眼睛休息，有些内舱房的客人是不能长时间忍受在狭小空间里停留的，除非睡觉。

发廊和美容院的存在是必然的，我也会时常光顾这里，尤其是在行程的后半段，由于较长时间受到变化着的地磁场不同的辐射，身体的自我调节放缓成了行程最后的主要内容之一。

从船顶能看到笔者所在船舱的阳台

# 幸运的旅程

幸运之一：不拥挤。这艘邮轮设计的载客量为2600多人，船员、水手及管理人员约为900人。由于是首次从中国（大陆）出发，参加这次“大西洋”号歌诗达邮轮86天环球之旅的游客只有800人。这对船方来说可能少了甚至没有利润，但对游客来说却是一种幸运，使得整个旅程都显得轻松从容：吃饭、上洗手间不用排队；邮轮上的各种活动，比如手工、烹饪，意大利语言及歌唱学习，拍风景等都自在随意；托儿所的阿姨也能对不愿或者不用下船登陆的孩子照顾周到；没有登陆后在风景区的拥挤……我是2013年报名参加这次环球游的，船方当时的计划是2014年启程，但一直等到2015年才得以成行。我想，造成这种载客量状况的原因，除了是首次从中国（大陆）出发，大家对这个项目还比较陌生外，还需要参与者在时间、兴趣和消费观上的契合。现在，船方打算花两三年时间招募包含大陆、香港和台湾在内的中国人再次参加这个行程，令人期待。

幸运之二：安全顺利。这是第一要素。根

日出时邮轮停靠在马累

邮轮尾部转角处 5 楼是笔者的房间

人们争相记录正在环球的“大西洋”号邮轮

据综合了巴黎和其他组织的邮轮安全指标检验，《东京备忘录》发布了2014年亚太地区港口国监督年度报告，在对99个船旗国的16761艘船舶共19029次检查中，发现最常见的缺陷排名前三的分别是：救生设备、消防设施和航行安全。应该说，邮轮的安全措施和高度发达的现代科技是这次顺利完成这次环球之旅的保障，比如在亚丁湾没有遇见海盗，在太平洋遇到12级台风时能绕道穿过，邮轮在地中海出现小故障时被及时排除。

幸运之三：新的友谊。来自中国大陆和台湾、香港的游客，在很短的时间内便分成了不同的群落：海阔天空派、摄影摄像派、登陆目的地自助游玩派等，这是人以群分的必然，不必见怪。

在船上遇到更多的还是平日里难以遇到的温情。摄影高手老雍，这位带了50多公斤重的摄影工作站上邮轮的化学家，用了3个下午教会了困扰我许久的后期调整照片的技巧。艺术家根生，用水粉画记录沿途登陆地的风情，最后拎着厚厚一摞作品下船，等待在北欧举办他

邮轮上的中国籍船员

邮轮最前端的迎风

行程中只开放过一次的船头螺旋桨雕塑

的个人画展，我也有幸得到了他赠送的几幅现场画作。尽管载客量不足，而且是长途航行，但邮轮的晚餐仍然沿用了满仓短途行程的晚餐服务方式，即固定座位、固定服务员，这样一来，那些被安排在一起的晚餐伙伴也就意外地成了互相认可的朋友。胡姐姐，这位美丽善良的杭州外婆，为了诊治一位感冒发烧的菲律宾籍船员，居然围着邮轮四处寻找她的中医老乡。热心善良的陆老师，因为偶然在船舷边发现了一个拍浪花的绝佳角度，便在晚餐时特意把这个位置告诉了我……

我想起了一句话：亲人是上天赐予的朋友，朋友是自己找来的亲人。可以肯定的是，在86天的旅程中，我又增添了很多亲人和朋友。

迎着朝阳的“大西洋”号歌诗达邮轮

## 2015年“大西洋”号歌诗达邮轮86天环球之旅里程及登陆城市

| 日期 | 登陆地 | 国家 | 距离（海里） | 备注 |
|---|---|---|---|---|
| 20150301 | 上海 | | | 出发 |
| 20150304 | 香港 | | 819 | |
| 20150307 | 头顿 | 越南 | 980 | |
| 20150310 | 普吉岛 | 泰国 | 1161 | |
| 20150313 | 科伦坡 | 斯里兰卡 | 1176 | |
| 20150315 | 马累 | 马尔代夫 | 411 | |
| 20150319 | 塞拉莱 | 阿曼 | 1450 | |
| 20150324 | 苏伊士运河 | 埃及 | | 通行 |
| 20150326 | 马尔马里斯 | 土耳其 | 2469 | |
| 20150327 | 伊拉克里翁 | 希腊 | 183 | |
| 20150328 | 雅典 | 希腊 | 134 | 2天 |
| 20150330 | 圣托里尼 | 希腊 | 147 | |
| 20150401 | 卡塔尼亚 | 意大利 | 496 | |
| 20150402 | 奇维塔维基亚 | 意大利 | 359 | |
| 20150403 | 马赛 | 法国 | 346 | |
| 20150404 | 巴塞罗那 | 西班牙 | 191 | |
| 20150407 | 里斯本 | 葡萄牙 | 836 | |
| 20150409 | 蓬塔德尔加达 | 葡萄牙 | 786 | |
| 20150414 | 纽约 | 美国 | 2268 | 3天 |
| 20150419 | 迈阿密 | 美国 | 1099 | |
| 20150422 | 奥乔里奥斯 | 牙买加 | 734 | |
| 20150424 | 巴拿马运河 | 巴拿马 | | 通行 |
| 20150429 | 曼萨尼略 | 墨西哥 | 2439 | |
| 20150503 | 洛杉矶 | 美国 | 1215 | 拉斯维加斯 |
| 20150506 | 旧金山 | 美国 | 351 | |
| 20150511 | 希洛 | 美国 | 2009 | |
| 20150512 | 卡胡卢伊 | 美国 | 155 | |
| 20150513 | 火奴鲁鲁 | 美国 | 136 | |
| 20150516 | 国际日期变更线 | 公海 | | 180°经线 |
| 20150523 | 横滨 | 日本 | 3417 | 2天 |
| 20150526 | 上海 | 中国 | 959 | 到达 |

我拍风景，别人拍我

# 后记

有种说法，认为人类是被一种无形的力量放逐到这个星球来的，而且只能有限地存在于地表，不能见到黑暗，不能听到寂静，不能意识到完全的自我，只能捕捉到由文字和图像表述出来的有限信息。

如果这样的话，身体与心灵、身心与自然、此心与彼心又将如何连接与相识？2012年开始，我选择了远行。而此前，我居然一直安居在被称为地球最大的陆地板块腹心、神奇的北纬30度附近——四川广汉，无奈地守候了1万多次日出日落！

我的计划是把地球的两极和地表的高低两点都游历过后，再环地球一周。于是，在开始远行的这3年里，我曾在地表最高点喜马拉雅山南麓体验过呼吸的艰难，在地表最低点约旦谷地的死海领会过肉身的轻浮，在可可西里无人区经受过3个因缺氧所致的无眠夜晚，在南极大陆半岛边缘的刺骨严寒中渴望过温暖，直到2015年3月1日迎来我计划中的重要旅程：意大利歌诗达邮轮“大西洋”号环球行。

这次邮轮环球之行，为期86天，行程5万公里，登陆28个港口。由于是首次从中国（大陆）出发，这艘载客量约为2700人的邮轮只搭载了不到900名乘客，乘客数跟邮轮上的船员、水手及管理人员的总和大致相近。这对游客来说无疑是一种幸运，使得整个旅程都显得轻松、从容。如果说曾经的极地之旅更多地让我体会到了对大自然的敬畏，那么在这次海洋之上的旅程中，任凭邮轮在三大洋四大洲的水陆间穿行，看浪花融进大海、云霞飞升苍穹、尘埃落入大地，则让我感到身体舒适，内心安详。

这本环球游记没有按旅行的时序予以记叙，而是按邮轮途经的3个大洋、2条运河、海峡地峡、岛屿、主要城市、特色港口以及邮轮生活6个方面进行分类，记录了从太平洋西岸的上海出发又回到原点的这段经历中，我的所见、所思及所得。

另外，为保持文字与图片语言各自的纯粹性，本书在设计上弃用了通常采用的混编形式，让文字与图片平行，以便读者在阅读中构架文图之间的完整语意时有更多的想象空间。

感谢身边的朋友们在我此行出发前为我的壮行！感谢成都市蓝符号文化传播有限公司对此书出版的鼎力相助，并为出版过程中有幸得到专家的指点感到庆幸！感谢旅程中为我留下珍贵照片的朋友，希望此书出版后能够结识到更多的新朋友！

罗敏

2016年3月 伦敦

Cost
WORLD
纽约
马赛
巴塞罗那
旧金山
里斯本
洛杉矶
蓬塔德尔加达
迈阿密
曼萨尼略
2015. 4. 29.
火奴鲁鲁
卡胡卢伊
希洛
大西洋
奥乔里奥斯
N
W
E
Your Captain
Nicolantonio Palombella
certifies the presence of
Luo Min

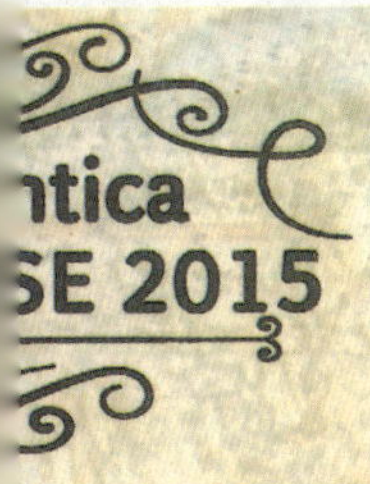


| | |
|---|---|
| 建造于 | 2000年 |
| 吨位 | 85,619 t |
| 长度 | 292 m |
| 甲板数 | 15 |
| 航行速度 | 22 knots |
| 最大速度 | 24 knots |

圣托里尼
马尔马里斯
里翁
塞拉莱
马累
科伦坡
普吉岛
胡志明市
香港
上海
2015. 3. 1.
横滨
太平洋
印度洋

上海 - 香港 ........ 819 nm
香港 - 头顿/胡志明市 ........ 980 nm
头顿/胡志明市 - 普吉岛 ........ 1161 nm
普吉岛 - 科伦坡 ........ 1176 nm
科伦坡 - 马累 ........ 411 nm
马累 - 塞拉莱 ........ 1450 nm
塞拉莱 - 马尔马里斯 ........ 2469 nm
马尔马里斯 - 伊拉克里翁 ........ 183 nm
伊拉克里翁 - 雅典 ........ 134 nm
雅典 - 圣托里尼 ........ 147 nm
圣托里尼 - 卡塔尼亚 ........ 496 nm
卡塔尼亚 - 奇维塔韦基亚/罗马 ........ 359 nm
奇维塔韦基亚/罗马 - 马赛 ........ 346 nm
马赛 - 巴塞罗那 ........ 191 nm
巴塞罗那 - 里斯本 ........ 836 nm
里斯本 - 蓬塔德尔加达 ........ 786 nm
蓬塔德尔加达 - 纽约 ........ 2268 nm
纽约.- 迈阿密 ........ 1099 nm
迈阿密 - 奥乔里奥斯 ........ 734 nm
奥乔里奥斯 - 曼萨尼略 ........ 2439 nm
曼萨尼略 .- 洛杉矶 ........ 1215 nm
洛杉矶 - 旧金山 ........ 351 nm
旧金山 - 希洛 ........ 2009 nm
希洛 - 卡胡卢伊 ........ 155 nm
卡胡卢伊 - 火奴鲁鲁 ........ 136 nm
火奴鲁鲁 - 横滨/东京 ........ 3417 nm
横滨/东京 - 上海 ........ 959 nm

总海里数........ 26726 nm

**图书在版编目（CIP）数据**

海洋之上：歌诗达邮轮86天环球记 / 罗敏著. — 2版. — 成都：四川文艺出版社, 2019.3
ISBN 978-7-5411-5275-7

Ⅰ. ①海… Ⅱ. ①罗… Ⅲ. ①游记—作品集—中国—当代 Ⅳ. ①I267.4

中国版本图书馆CIP数据核字（2019）第027995号

HAIYANG ZHI SHANG

# 海洋之上

歌诗达邮轮86天环球记

罗　敏　著

选题策划　成都市蓝符号文化传播有限公司

责任编辑　孙学良　王筠竹
责任校对　汪　平
装帧设计　周　明

出版发行　四川文艺出版社（成都市槐树街2号）
网　　址　www.scwys.com
电　　话　028-86259285（发行部）　028-86259303（编辑部）
传　　真　028-86259306

邮购地址　成都市槐树街2号四川文艺出版社邮购部　610031
印　　刷　三河市华东印刷有限公司
成品尺寸　142mm × 210mm　　开　本　32开
印　　张　9　　字　数　120千
版　　次　2019年3月第二版　　印　次　2021年4月第三次印刷
书　　号　ISBN 978-7-5411-5275-7
定　　价　58.00元